Der Schneeberg - höchster Berg des Fichtelgebirges

Das Fichtelgebirge
Schriftenreihe zu seiner Geschichte, Natur und Kultur
Broschüre 13/2006

Rudolf Thiem:
Der Schneeberg - höchster Berg des Fichtelgebirges

Der Verfasser dieser Broschüre, Rudolf Thiem aus Vordorfermühle, wurde im Jahr 1996 mit dem Kulturpreis des Fichtelgebirgsvereins e.V. ausgezeichnet.

Herausgeber und Verlag:
Fichtelgebirgsverein e.V.
Theresienstraße 2, 95632 Wunsiedel
E-Mail: info@fichtelgebirgsverein.de
Internet:
www.fichtelgebirgsverein.de und www.bayern-fichtelgebirge.de

Layout:
Umschlag - Micha Ködel
Inhalt - Klaus Bauer, Öffentlichkeitsreferent des FGV
Druck:
Druck & Medien Heinz Späthling, Ruppertsgrün 6, 95163 Weißenstadt
Auflage: 500

Fotos, Foto-Reproduktionen und Fotokopien stammen, soweit nicht anders angegeben, vom Verfasser.

Titelbild: Aussichtsturm auf dem Schneeberg.
Zeichnung von Hans Schaefer, Osseck b. Hof, gefertigt am 26.8.1926.
Abdruck in: Das Fichtelgebirg, September 1926, S. 120.

ISBN: 3-926621-47-8

Rudolf Thiem

Der Schneeberg – höchster Berg des Fichtelgebirges

Inhalt

Vorwort

Die Anregung, in der vorliegenden Schriftenreihe über den Schneeberg zu schreiben, bekam ich von Herrn Dietmar Herrmann, Referent für Heimatgeschichte/Internet/Bibliothek des Fichtelgebirgsvereins. Er stellte mir seine umfangreiche Schriften- und Bildersammlung vom Schneeberg zur Auswertung zur Verfügung. Sie war mir sehr nützlich und ich bedanke mich dafür.

Mein Elternhaus in Vordorfermühle, wo ich jetzt noch wohne, ist nur knapp 4 Kilometer Luftlinie vom Schneeberg entfernt. In Wirklichkeit ist es natürlich weiter und man muss den Höhenunterschied von 400 Meter in Betracht ziehen. Trotzdem bin ich vor dem Zweiten Weltkrieg oft und gern mit meinen Eltern und Geschwistern zum Schneeberg gewandert. Wir gingen immer gleich nach dem Mittagessen los, wanderten auf dem Röslaweg zur Röslaquelle und von dort aus auf dem später abmarkierten Wandersteig direkt zum Schneeberggipfel, wo wir den Aussichtsturm bestiegen. Heimwärts wanderten wir meistens über die Nass Bruck, wo der immer nasse und etwas sumpfige Weg mit querliegenden Stangenhölzern belegt war, zum Nußhardt. Dort interessierten mich besonders die Nußhardtstube und die Verwitterungsmulden auf dem Aussichtsfelsen. Der Heimweg ging dann oft über Seehaus nach Vordorfermühle. In guter Erinnerung ist mir noch die Wanderung zum Schneeberg, die wir nur wenige Tage nach dem Absturz des Flugzeuges am 30. April 1935 unternahmen. An der Absturzstelle lagen noch kleinere Blechteile vom Flugzeug herum und zwischen den Felsen konnte man überall noch alten Schnee finden. Auch später, als der Gipfelbereich nicht mehr zugänglich war, blieb der Schneeberg für mich ein beliebtes Wanderziel.

Da der Fichtelgebirgsverein Weißenstadt und die Bergwacht-Bereitschaft Weißenstadt schon immer für die Betreuung des Schneeberggipfels zuständig waren, lag es nahe, bei ihnen Informationen einzuholen. Als einen zuverlässigen Gewährsmann konnte ich Herrn Erich Vetter, Weißenstadt, gewinnen. Ich kenne ihn schon seit den fünfziger Jahren, als er zusammen mit anderen Bergwacht-Kameraden von der Schneeberghütte herüber nach Seehaus kam. Dort herrschte oft eine zünftige Hüttenstimmung mit Musik und Gesang. Manchmal kamen auch ein oder zwei amerikanische Soldaten vom Schneeberg herüber, die sich gut einfügten und offensichtlich im Seehaus wohlfühlten. Erich Vetter besorgte mir von der Bergwacht-Bereitschaft Weißenstadt Bilder und Schriften vom Schneeberg, stellte mir eigene Bilder zum Abdruck zur Verfügung und beantwortete mir viele Fragen, wofür ich mich hiermit bedanke.

Von Frau Gertrud Hager, Weißenstadt, bekam ich Bilder vom Bau des Aussichtsturmes auf dem Schneeberg im August 1926. Außerdem stellten mir Bilder vom Schneeberg zum Abdruck zur Verfügung: Herr Adolf Schmidt, Weißenstadt, Herr Wolfgang Schiller, Weißenstadt, Frau Dr. Elisabeth Reissinger, München, Herr Karl-Heinz Hüttner von der FGV-Lichtbildstelle und Herr Christian Kreipe, Geschäftsführer des Naturparks Fichtelgebirge. Herr Gerhard Seidel, Verwalter der Bibliothek des Fichtelgebirgsmuseums Wunsiedel, versorgte mich wieder mit älterer Literatur und gab mir auch Bilder. Ihnen und allen anderen, die in irgendeiner Weise zum Gelingen der vorliegenden Arbeit beitrugen, spreche ich hiermit meinen Dank aus.

Vordorfermühle, im März 2006

Rudolf Thiem

Fichtelberg – Fichtelgebirge

In einer der ältesten Urkunden vom Fichtelgebirge, dem Hennebergischen Lehensverzeichnis von 1317, sind die Lehen aufgeführt, welche die fünf Gebrüder von Hirschberg, Heinrich, Fridrich, Arnolt, Eberhart und Heyneman, vom Reiche hatten, nun aber von Graf Berthold von Henneberg und seinem Sohn Heinrich und ihren Erben zu rechten erblichen Lehen empfingen.[1] Zu den genannten Besitzungen der Hirschberger gehörten die Burg Rudolfstein, das Dorf Bischofsgrün und der „walt zu dem Vythenberge", bei dem es sich ohne Zweifel um Waldungen am Rudolfstein, Schneeberg und Ochsenkopf handelt. Wenn auch etwas anders geschrieben, was ein Abschreibfehler sein kann, ist nicht zu bezweifeln, dass es sich bei dem „Vythenberge" um unseren Fichtelberg handelt.

Die Grafen von Henneberg waren ursprünglich kaiserliche Burggrafen und Stiftsvögte der Bischöfe von Würzburg. Nachdem sie von diesen aus den altererbten Stammsitzen verdrängt wurden, zogen sie sich nach dem Grabfeldgau zurück, erhielten 1230 Burg und Herrschaft Coburg, strebten aber ebenfalls nach Besitz am Obermain und im Fichtelgebirge. Wie sie in den Besitz des Reichslehens Rudolfstein kamen, ist nicht bekannt. Es wird nicht klar, ob es sich um eine vorübergehende Verpfändung handelte, oder ob sie alte, noch von den Meraniern, die dieses Reichlehen bis 1248 besaßen, herrührende Lehenrechte geltend machen konnten. Für eine vorübergehende Verpfändung spricht, dass der deutsche König Ludwig der Bayer von den Hennebergern Geld geliehen bekommen hatte, und dass sie später nicht mehr als Besitzer dieser Lehen erwähnt werden.[2]

In richtiger Schreibung wird der Fichtelberg erstmals 1477 urkundlich genannt. Im „Berckwerckpuch der verlihen lehen auf dem gepirg"

1 Hans Hofner, Die Herren von Hirschberg, in: AO, 46. Band, 1966. Dazu heißt es in Anm. 35: Vorstehender Auszug befindet sich als Abschrift in Rep. A 205/4 Lade 779 Nr. 6525 des Staatsarchives Bamberg mit denselben Lücken und dem Nachsatz: „Vorstehender Extract ist aus Schultes Geschichte des Gräflichen Hauses Henneberg Th. II, S. 59 des Urkundenbuches getreulich genommen und aufmerksam collationirt worden. Bayreuth den 3. November 1791. In fidem Philipp Ernst Spieß." - Hennebergisches Lehensverzeichnis vom Jahr 1317, in: AO, 8. Band, 2. Heft, 1861. Das Lehensverzeichnis in dieser Quelle weicht geringfügig von dem Lehensverzeichnis bei Hofner, Die Herren von Hirschberg, in: AO, 46. Band, 1966, ab.

2 Joh. Ad. Schultes, Diplomatische Geschichte des gräfl. Hauses Henneberg, mit Urkundenbuch zur Geschichte der Grafschaft Henneberg Schleußingischen Anteils, Hildburghausen 1791. - Rudolf Thiem, Verschwundene Dörfer und Besiedlung im westlichen Fichtelgebirge; Das Fichtelgebirge, Schriftenreihe zu seiner Geschichte, Natur und Kultur, Heft 9/2002, herausgegeben vom Fichtelgebirgsverein e.V.

heißt es auf fol. 12: „Fritz Bretfelder von Nürnberg und Hanns Haffner vom Gefreß haben empfangen eine Fundgruben am Schneeberg am Vichtelberg und am Weißmayn gelegen ... 1477.“[3] Das ist gleichzeitig auch die erste urkundliche Nennung des Schneebergs. Dazu ist noch anzumerken, dass man den Fichtelberg sowohl mit V als auch mit F schrieb.

Im Landbuch der Sechsämter von 1499, der ältesten Aufzeichnung der landesherrlichen Besitzungen und Gerechtsame im Fichtelgebirge (Bayer. Staatsarchiv Bamberg, Standbuch Nr. 7060; Vollständiger Text und Kommentar, bearbeitet von Dr. Friedrich Wilhelm Singer, 1987), wird der Fichtelberg, auch Vichtelberg oder Viechtelberg geschrieben, mehrmals erwähnt. Gemeint ist damit meistens der heutige Ochsenkopf. Zu denken ist aber auch an`den alten Fichtelberg-Bereich, der das Gebiet Ochsenkopf, Schneeberg und Fichtelseelohe umfasste.

Als der erste Beschreiber des Fichtelbergs gilt Matthias von Kemnath, geb. 23.2.1429 in Kemnath, gest. 1.4.1476. Sein richtiger Name war Matthias Widmann. Er war Hofkaplan Friedrichs I. des Siegreichen, Kurfürsten von der Pfalz, der in Heidelberg residierte, sowie Historiograph, Astrologe, Dichter und Humanist. Sein letztes und umfangreichstes Werk, an dem er bis zu seinem Tod schrieb, war die Chronik, die er seinem Kurfürsten widmete.[4] Die darin enthaltene Beschreibung des Fichtelbergs wird wegen ihrer großen Bedeutung für das Fichtelgebirge nachfolgend ungekürzt übernommen. Dazu ist anzumerken: Für u ist oft v oder w geschrieben; marggrauen=Markgrafen; fule=faule; Vnd der berck sint zwen=Ochsenkopf und Schneeberg; fast oder vast=sehr; blohe=blau. „Ein bergk, hoch, weitt, wolbekant ligt in Beiern, gnant der Fichtelberg, der ist halb des pfaltzgraffen vnd halb des marggrauen von Brandenburg. Der ist nit wegsam, dan niemant kan noch weiss den bergk zu gehn, dan allein die zingraber vnd schindelmacher vnd desgleichen, dan man den bergk muss gehn vnd steigen vber gros ronnen, tannen, stein vnd fule gros baum. Vnd der berck sint zwen vnd sint das die stedte, die daran allenthalben stossen. Kemnat in der Flednitz, Wonsidel, Wissenstatt, Berneck, Weidenberg etc. Vff dem berg sint fast mechtige, gros felssen, die scheinen, als weren sie silberin oder zinen ja durchaus vnd mann findet do fast hubsche, blohe farbe. Man grebt auch zinn do. Es gefallen aus der massen hubsch gros citrin

3 Bayer. Staatsarchiv Bamberg, Rep. C 2, Nr. 1360.

4 Dr. Birgit Studt, Der Heidelberger Hofhistoriograph Matthias von Kemnath und seine Chronik, in: Kemnather Heimatbote, 1992; Herausgeber: Heimatkundlicher Arbeits- und Förderkreis Kemnath und Umgebung e.V.

do, cristallen, iris, crisolitus, weisse saffier, magneten, vil granaten, die allerschonsten grossen topasion, amatisten vnd vil ander manicherlei stein, die ich do selbs einstheils do gefunden hab. Es gefelt do isenerzt, goltertzt, silberertze, bley, zienn vnd vil ander mehr. Man findet darauff schirell, das man rhenisch golt nennet, item darvff findet man lewt, die do in bettlers weise daruff von Venedig gehen, vnd dragen den schirel in schulsegken hinwegk vnd ettlich, die man gefangen do hoit vnd genotigt zu sagen, die sagten, so sie der seck einen vol gene Venedig brechten, so gult er ine funffzig gulden, dan allein die Venediger das rhenisch golt konnen recht schmelzten vnd zu gut bringen. Der bergk ist vast hoch vnd weidt, vnd ich glaube, vnd ist ware, das er am hochsten in deutschen land dem lant noch ligt. Das merk hie eben: am hochsten vff dem einen berg, do ist ein grosser sehe, aus dem sehe fliessen vier schiffreich wasser kreutzweiss in die welt. Das sint die: der Mein, die Nabe, die Sale, die Eger, vnd wirt ware von dem berg gesungen, das do lawt: mens impletur gratia; dan in dem wort mens werden begriffen die vier wasser, dan M bedewt den Moyanum, das ist der Mein, E bedeut die Eger, N bedeut die Nabe, S die Sale. Es gehen auch sunst vil bech vnd ettwan grosse wasser aus dem bergk, die ich itzt nit alle nennen kann, als die Rednitz, Pegnitz, Rotmain aus etc. Es sein auch fast freischem thier an dem berg, als grosse bern, wolff, lugs, hirtz vnd desgleichen. Man findet daran morder, pock, ketzer von Beham, sternenseher, astrologi genant, als meister Niclas von Fichtelberg. Der buwet ein haus daruff, dan sunst kein haus daruff ist vnd vast in weiten kein mensch wont. Der sternenseher hoit vil wissgesagt von dem berg vnd er meint, es sol in ettlichen jaren darzu komen, das ein statt da gebuwet sol werden grosser dan Collen am Rhein, die do Agrippina hoit geheissen. Unseglich vil wunders ist an dem berg vnd ich bin von wunderswegen mit einer geselschaft vff den berg gegangen vnd gestigen vnd habe die ding gesehen vnd do helffen ertz graben vnd blohe farbe vnd probiern. Vnd wer den berg beschawen will, der muss kuntleut haben vnd speis vnd feuwer mit ime nemen, dan den berg kan man nit reiten. Auch so ist der Fichtelberg weidt vmb sich vnd die forster vnd zinner sagten, er hett sechs grosser meiln vmb sich vnd er ist hoch, yedoch nit gehling hoch. Item der sehe vff dem berg vberfrewst den Winter nit, so sihet man kein vogel daruff, auch kein fisch. Vnd mercke hie: ehe dan du zu dem sehe komest, so waget der Berg ein viertheil einer meile oder mehr, als woltestu versinken, vnd mit forcht geht man zu dem sehe. Vnd der bergk hoit die grosten baum, die ich je gesah, als fichten, forchenbaum, thannen, ahornen. Wer den berg besiht, der verwundert sich. Er hat vast vil schecht vnd ertzgruben, die man vor vil jarn gebuwet hoit. Item ettliche dorffer, die vmb den bergk ligen, die verschneidt es mit schne zu stunden, also das die lewt, die darinn wonent, hungers sterben vnd verderben mussen, vnd mussen vff dem schne vff reiffen gehn. Vnd entlich ist es nit alles zu schreiben, was wunders vff dem berg ist."[5]

Auch Kaspar Brusch, genannt Bruschius, ist ein früher Beschreiber des Fichtelbergs. Er wurde 1518 in Schlaggenwald in Böhmen geboren, wuchs aber in Eger, der Heimatstadt seines Vaters auf. Seine Kindheit fiel in die Anfangszeiten der Reformation, die auch in Eger leidenschaftliche Auseinandersetzungen auslöste. Da der Egerer Rat die Streitigkeiten nicht duldete, wurde der Vater Kaspars, der Schleiermacher Hans Brusch, wegen einer „zänkischen Disputation mit den Monchen der Stadt" 1529 aus seiner Heimatstadt ausgewiesen. Er wandte sich mit seiner Familie nach Wunsiedel, kaufte sich dort ein Haus und erwarb 1531 das Bürgerrecht. Kaspar Brusch war bei der Ausweisung aus Eger 11 Jahre alt. Sicher war er schon in Eger zur Schule gegangen. Nun sandte ihn sein Vater in die Lateinschule nach Hof zu Nikolaus Melder, der vorher Schulmeister in Eger gewesen war und 1527 aus ähnlicher Ursache wie Hans Brusch die Stadt verlassen musste. Sein Elternhaus aber hatte Kaspar seit 1529 in Wunsiedel und von hier aus lernte er das Fichtelgebirge kennen. Mit 18 Jahren, 1536, zog er auf die Universität Tübingen, wo man bald auf den begabten Studenten aufmerksam wurde, der sich schon mit ersten dichterischen Versuchen hervortat. Er entfaltete eine vielfältige schriftstellerische Tätigkeit. Sein unruhiges Temperament trieb ihn von einem Ort zum andern: 1540 war er Schulmeister in Straubing, 1541 lebte er in Regensburg, 1542 in Wittenberg, 1543 in Leipzig, 1544 leitete er die Schule in Arnstadt, 1545 die in Schmalkalden, 1546 die in Lindau und 1555 wird er als Pfarrer in Pettendorf (Oberpfalz) genannt, um nur einige Stationen seines Lebens zu nennen. Dazwischen tauchte er immer wieder in Wunsiedel auf und erwarb sich weitere Kenntnisse vom Fichtelgebirge. Im November 1557 wurde er im Schlingenbachgrund in der Nähe Rothenburgs erschossen. Da von seinen Wertsachen nichts fehlte, vermutete man damals ein Attentat persönlicher Feinde. In der Kirche von Steinach bei Rothenburg fand er seine letzte Ruhestätte.[6]

5 Matthias von Kemnat, Chronik Friedrichs I., herausgegeben von Konrad Hofmann, in: Quellen zur Geschichte Friedrichs I. des Siegreichen, Kurfürsten von der Pfalz, Bd. 1, München 1862, S. 1-141 und Bd. 2, München 1862, S. 304-315 (Quellen und Erörterungen zur bayerischen und deutschen Geschichte 2-3), Ndr. Aalen 1969.

6 Elisabeth Jäger, Wunsiedel 1163-1560, I. Band einer Geschichte der Burg und der Stadt Wunsiedel, 1987. Im Eigenverlag der Stadt Wunsiedel.

Schon 1539 gab Kaspar Bruschius eine lateinische Beschreibung des Fichtelgebirges heraus, deren Titel auf deutsch lautet: „Gedrängter Grundriß einer Beschreibung des Fichtelberges und der vier aus dem Gebirge entspringenden und in die vier Weltgegenden strömenden Flüsse Main, Eger, Naab und Saale." Leider ist von diesem ersten Heimatwerk kein einziges Exemplar erhalten. Sein herausragendes und für unsere Gegend wichtigstes Werk „Des Vichtelbergs/in der alten Nariscen land gelegen/ ... gründtliche beschreibung ...", ließ er 1542 drucken. Im Vorwort weist er darauf hin, dass er fast drei Jahre lang an dem Buch gearbeitet und „den gantzen Vichtelberg und alle seine Strom" auf „eigene Kosten" durchzogen habe, so dass er aus „selbs eigener personlicher erfarnuß" berichten könne. Er schreibt darin: „Der Vichtelberg ein vberaus hoch vnd gewalltig Gebirg Deutschlandes (welches man von vile Fiechten wegen so darauff vnd herumb wachsen, also nennet) ...", leitet also den Berg- bzw. Gebirgsnamen von den Fichten ab, was sicher richtig ist. Über die Bewohner des Fichtelgebirgs schreibt Bruschius: „Es hat aber der Vichtelberg, vnd schier das gantz herumb gelegen land, ein frumb, getrew, freundlich, aber doch vast grob, peurisch, hart vnd starck volck, das Hitz vnd frost, ja alle mühe vnd arbeit wol leiden vnd ertragen mag. In summa, es sein leuth zum krieg, vmb von natur angeborner sterck willen. Item wilde sew vnd grausame Bern zw fellen vnd fahen vast geschickt, wiewol sie nicht allein von leib grob vnd vngehewer, sondern zum teil auch sonst von art des holtzlins sein, dz sie selbs gemeinglich an den spiessen tragen, daher auch ein Teutsch sprichwort erwachsen, dz, wann man von einem guten groben knittel wil sagen, spricht man: Er ist ein grober Vichtelberger."

In der von dem Weißenstädter Bürgermeister Christian Erdmann Pöhlmann um 1720 verfassten Beschreibung der Stadt Weißenstadt ist zu lesen, dass die Weißenstädter in einem langwierigen Casten-Maaß-Streit mit Wunsiedel nicht im Recht waren, aber unbedingt Recht haben wollten und dadurch erhebliche Kosten verursachten. Dafür sollten „die von der Stadt und Amt hingegen durch ihre selbst Hand oder auf ihre Kosten und Darlage einen Weg auf den Fichtelberg von Bischofsgrün am Bruckweg an um den Fichtelberg bis auf des Herrn Castners zu Wonsiedel Gestätten raumen und machen lassen, welches sie dann auch über die anderen Kosten willig auf sich genommen und auch zum Stand gerichtet, ... 1575. - Anno 1575 ist der Weg auf den Fichtelberg ... geraumet und vom Wildmeister Hannß Puzen aufn Fichtelberg bescheinigt worden; dann zuvor fast unmöglich hinauf zu kommen gewesen."[7] Der Ochsenkopf wurde also um 1575 Fichtelberg genannt. Der erwähnte Bruckweg heißt heute noch so und verläuft auf der Nordwestseite des Ochsenkopfs.

Ein Beschreiber des Fichtelbergs war auch M. Johann Will, Pfarrer in Creußen. Er wurde am 22.2.1645 in Neudorf bei Schauenstein geboren. In seinem „Das Teutsche Paradeiß in dem vortrefflichen Fichtelberg, 1692"[8] schreibt er normalerweise Fichtelberg. Vereinzelt schreibt er aber auch Fichten-Gebirge.[9] Bei Bischofsgrün schreibt Will: „... worüber der hohe Fichtelberg seinen Ochsenkopff Süd-Ostwerts hereinrecket ..." Zum Fichtelberg schreibt er außerdem: „Die höchste Spitze des Berges heißt von Alters her der Ochsen-Kopf ..."

Im Jahr 1716 ließ Johann Christoph Pachelbel seine „Ausführliche Beschreibung des Fichtel-Berges, in Norgau liegend ..." drucken. Er schreibt ausschließlich Fichtelberg, meint damit aber das ganze Gebirge. Wie auch Bruschius, den er häufig zitiert, leitet er den Namen Fichtelberg „von der unzehligen Menge der Fichten, so darauff wachsen" ab. In einer dem Buch beigegebenen Übersichtskarte ist der ganze alte Fichtelberg richtig wie heute als Ochsenkopf eingezeichnet. Dazu ist anzumerken, dass der Ochsenkopf 1495 erstmals urkundlich genannt wird. Im „Berckwerckpuch der verlihen lehen auf dem gepirg" heißt es auf der Rückseite von fol. 19: „Lorenz von Ploben von Nürnberg hat empfangen ime und allen seinen Mitgewerken ein Bergwerk am Fichtelberg bey dem Ochsenkopff ... 1495."[10]

Johann Wilhelm Kretschmann schreibt in seiner „Sammlung zu einer Berg-Historia des Markgraftums Brandenburg-Bayreuth, Hof 1741" (Übertragung und Kommentar der von Dr.Dr.h.c. Hans Vießmann veranlassten Faksimile-Ausgabe, bearbeitet von Dieter Arzberger, Helmut Heinrich, Dr. Friedrich Wilhelm Singer, Arzberg-Selb-Hof) nur einmal Fichtelgebürge, und zwar auf Seite 1388 des Buches (Teil III/Seite 286 des Manuskripts), sonst immer Fichtelberg. Er schreibt immer Ochsenkopf statt Fichtelberg.

Zu Pfingsten 1793 unternahm Ludwig Tieck mit seinem Freund Heinrich Wackenroder eine Reise durch das Fichtelgebirge. Er schreibt

---

7 Christian Erdmann Pöhlmann, Kurze Beschreibung der Stadt Weißenstadt, in: A0, 16. Bd., 3. H., 1884/86. (Manuskript um 1720.)

8 A0 1881, 15. Bd., 1. H., S. 1-45; A0 1882, 15. Bd., 2. H., S. 134-214; A0 1883, 15. Bd., 3. H., S. 112-186; A0 1884, 16. Bd., 1. H., S. 1-144; A0 1885, 16. Bd., 2. H., S. 1-146.

9 AO 1881, 15. Bd., 1. H., S. 15: FichtenGebirg; A0 1885, 16. Bd., 2. H., S. 60: Fichten-Gebirge; A0 1885, 16. Bd., 2. H., S. 81: Fichten-Gebirg; A0 1885, 2. H., S. 85: Fichten-Gebirge.

10 Bayer. Staatsarchiv Bamberg, Rep. C 2, Nr. 1360.

in seinem Reisebericht beim Aufstieg von Leupoldsdorf nach Seehaus folgendes: „Die Gegend hatte was Einsames, düster Melancholisches; die so nahe liegenden Fichtelberge gaben der Gegend ein ernsthaftes, majestätisches Ansehen. Der Fichtelberg fing nun mit einem schönen Buchenwald an.“[11] Ludwig Tieck nennt 1793 das Fichtelgebirge also noch Fichtelberg.

Dagegen schreibt J.Th.B. Helfrecht (Ruinen, Alterthümer und noch stehende Schlösser auf und an dem Fichtelgebirge, Hof 1795. - Das Fichtelgebirge nach vielen Reisen auf demselben beschrieben, 2 Bände, Hof 1799 und 1800) Fichtelgebirge, wie schon aus den Buchtiteln erkennbar. Auch A. Goldfuß und G. Bischof (Physikal.-statist. Beschreibung des Fichtelgebirges, 2 Teile, Nürnberg 1817. - Orographische Charte von dem Fichtel-Gebirge ... 1816) schreiben Fichtelgebirge bzw. Fichtel-Gebirge.

In seinen „Umsichten auf dem Ochsenkopf“ aus dem Jahr 1811 führt Johann Heinrich Scherber zunächst aus, dass der Ochsenkopf früher Fichtelberg hieß. Er nennt dabei einen Oberpfälzer Fichtelberg und einen Bayreuther Fichtelberg, nachdem 1536 an der Südseite des Berges die Landesgrenze zwischen Pfalz-Bayern und Brandenburg-Bayreuth gezogen wurde. Ein eindrucksvolles Zeugnis dieser Grenzziehung ist der am Wanderweg von Fleckl zum Ochsenkopf stehende Grenzstein Nr. 48, in dem das bayerische Rautenwappen und der gevierte Zollernschild eingemeißelt sind. Die Burggrafen von Nürnberg und späteren Markgrafen von Brandenburg-Bayreuth waren Hohenzollern; der letzte deutsche Kaiser, Wilhelm II., entstammte der preußischen Linie der Hohenzollern. An der Südseite des Ochsenkopfes sind außerdem noch die Grenzsteine Nr. 39, 40, 41, 42, 43, 45 und 46 der alten Landesgrenze von 1536 vorhanden. Wörtlich schreibt Scherber dann: „Seitdem man angefangen hat, die Gebirgskunde wissenschaftlich zu behandeln, ist in den Schriften der Gelehrten häufiger die Sprache von einem Fichtelgebirge. Groß ist die Verschiedenheit der Meinungen über den Umfang des Fichtelgebirges und dessen Grenzen. Alexander von Humboldt legte darüber folgende Erklärung nieder: ‚Mit dem Namen Fichtelgebirge (Fichtelberg) belegt man eigentlich die höchsten Kuppen der südöstlichen Bergkette: den Ochsenkopf, Farrenleiten, Schneeberg und Kössein.‘ - Ein Nebenrücken des Fichtelgebirges zeigt gegen Morgen über die Wunsiedler Berge gegen Eger. Man betrachtet das Fichtelgebirge auch als ein Zentralgebirge,

11 Christoph Schaller, Ludwig Tieck's romantische Reise durch das Fichtelgebirge im Jahr 1793, in: Der Siebenstern 1957, S. 61 ff.

von welchem mehrere Bergreihen nach verschiedenen Richtungen auslaufen. Um sich die Lage des Gebirges bildlich zu denken, pflegt man sich dasselbe unter der Gestalt eines Hufeisens vorzustellen. Sonst ist das Gebirge aus einer Menge von Segmenten größerer Bergkugeln zusammengesetzt, die sanft in die Höhe steigen und sich dann stumpf zu einer Kuppe zusammenschließen. Die ansehnlichsten unter den Höhen sind: Ochsenkopf, Schneeberg, Kössein, Waldstein und der Große Kornberg."[12]

Zusammenfassend ist folgendes festzustellen: Der Ochsenkopf und der Schneeberg-Bereich wurden ursprünglich Fichtelberg genannt. Während der Schneeberg schon spätestens 1477 seinen jetzigen Namen hatte, blieb der Name Fichtelberg für den Ochsenkopf noch bis um 1700 gebräuchlich. Aber man nannte schon frühzeitig den Gipfelbereich des Fichtelbergs Ochsenkopf. Ab ungefähr 1700 hieß dann der ganze Berg Ochsenkopf. Der alte Bergname Fichtelberg ging auf die am Fuß des Ochsenkopfs liegende Siedlung Fichtelberg über. Ab ungefähr 1800 setzte sich dann die Bezeichnung Fichtelgebirge durch.

Kurze allgemeine Beschreibung des Fichtelgebirgs

Das Fichtelgebirge hat die Form eines nach Nordosten offenen Hufeisens. Kerngebiet ist der Schneebergzug mit den Bergen Schneeberg (1051 m), Nußhardt (972 m), Seehügel (953 m), Platte (885 m), Hohe Matze (813 m) im Südosten und Rudolfstein (866 m) im Nordosten sowie die Fichtelseelohe und der etwas isoliert stehende Ochsenkopf (1024 m). Östlich der Wurmloh-Senke erhebt sich der Kösseine-Zug mit der Großen Kösseine (939 m), dem Burgstein (869 m), dem Haberstein (848 m) und endet mit der Luisenburg (780 m). An einem nordwestlichen Ausläufer des Schneebergs, der sich über das Kalte Buch (857 m), die Hohe Haide (852 m) und den Wetzstein (798 m) hinabsenkt, schließt sich nach der Höllpass-Senke der in nordöstliche Richtung verlaufende Waldstein-Kornberg-Zug mit den Hauptbergen Großer Waldstein (877 m), Bergkopf (857 m), Epprechtstein (798 m) und Großer Kornberg

12 Christoph Schaller, Johann Heinrich Scherbers Umsichten auf dem Ochsenkopf aus dem Jahre 1811, in: Das Fichtelgebirge, Schriftenreihe zu seiner Geschichte, Natur und Kultur, Heft 2/1989, herausgegeben vom Fichtelgebirgsverein e.V.

(827 m) an, mit dem dieser Gebirgszug endet. Südöstlich vom Kösseine-Luisenburg-Zug und der Kösseine-Rösla-Senke liegt der Steinwald, dessen höchster Berg die Platte (946 m) ist. Dem Schneebergzug sind im Südwesten niedrigere Höhenzüge vorgelagert, die vom Ochsenkopf ausgehen. Höchste Erhebungen dieses Steinacher Vorgebirges, das teilweise durch das Becken von Mehlmeisel vom Zentralstock des Gebirges getrennt wird, sind der Scheibenberg (800 m), die Platte (830 m), der Kreuzstein (838 m) bei Warmensteinach und der Hochberg (863 m) in der Königsheide.

Die natürlichen Grenzen des Fichtelgebirges folgen dem Fuß der Umwallung und lassen sich durch eine Linie, auf der folgende Orte liegen, kennzeichnen: Waldsassen-Wiesau-Friedenfels-Erbendorf-Immenreuth-Kirchenpingarten - Goldkronach - Berneck - Gefrees - Zell - Sparneck - Martinlamitz - Rehau. Die Südwest-Grenze ist ein Teil der „Fränkischen Linie“, auch „Fichtelgebirgs-Frankenwald-Randstörung“ genannt, die sich landschaftlich wie geologisch von Weiden in der Oberpfalz bis Stockheim im Frankenwald verfolgen lässt und das „Alte Gebirge“ von den jüngeren geologischen Ablagerungen des oberpfälzischen und obermainischen Schollenlandes trennt. Die Nordwest-Grenze gegen die Münchberger Hochfläche wird durch den Fuß des Waldsteinzuges deutlich gekennzeichnet. Entgegen früherer Anschauung wird die Münchberger Hochfläche nicht mehr zum Fichtelgebirge gerechnet, weil sie landschaftlich mehr dem nördlichen Schieferfrankenwald gleicht. Als Ostgrenze des Fichtelgebirges ist die politische Grenze der Tschechischen Republik zu betrachten, wenn sich auch der Landschaftscharackter des inneren Fichtelgebirgs-Hochlandes noch bis ins Egerer Becken fortsetzt.

Der Schneeberg, der Ochsenkopf und die anderen höheren Berge des Fichtelgebirges sind aus Granit, der im wesentlichen aus Feldspat, Quarz und Glimmer besteht. Granit ist aber nicht das einzige Gestein, aus dem das Fichtelgebirge aufgebaut ist. Phyllit nimmt im Fichtelgebirge oberflächlich eine fast ebenso große Ausdehnung ein, wie der Granit. Im Bereich um Vordorf und Vierst und im Zeitelmoos steht Gneis an, der sich bis an die Ostseite des Nußhardt-Gipfels hinaufzieht. Am Feuerberg bei Leupoldsdorf kommt Chalcedon bzw. Jaspis in Mulden, Klüften und Schwächezonen eines Kalksilikatzuges vor, der über Hildenbach, Valetsberg nach Sinatengrün-Nord und Göpfersgrün-Nord streicht. Jaspis ist sehr hart, gut spaltbar und springt sehr scharfkantig. Er eignete sich deshalb hervorragend für die Herstellung von steinzeitlichen

Geräten, Werkzeugen und Waffen, das in der ausgehenden Altsteinzeit auch genutzt wurde, was viele Funde vom Feuerberg und Umgebung beweisen. Die Eulenloh bei Tröstau ist der Endpunkt des nördlichen Zuges kristallinen Kalks, der sich über Furthammer, Wunsiedel, Holenbrunn, Sinatengrün, Göpfersgrün, Thiersheim, Kothigenbibersbach nach Hohenberg hinzieht. Der südliche Kalkzug beginnt in Neusorg und geht über Pullenreuth, Schindellohe, Waldershof, Leutendorf, Marktredwitz, Grafenreuth, Röthenbach, Arzberg, Schlottenhof nach Schirnding. In diesen beiden Zügen ist Eisenstein in einer Mächtigkeit zwischen einigen Zentimetern und annähernd 20 Metern eingelagert. Dieses Eisenerz wurde jahrhundertelang an vielen Stellen abgebaut, in Eulenloh bis zur Mitte des 19. Jahrhunderts und in Arzberg noch bis in die erste Hälfte des 20. Jahrhunderts. Am Schönbrunner Berg steht schieferiges Gestein an, der Katharinenberg bei Wunsiedel ist aus Gneisphyllit und der Wenderner Stein südöstlich von Kleinwendern ist eine imposante Felspartie aus Phyllitschiefer. Bischofsgrün im Westen des Fichtelgebirges liegt auf Phyllit. Die Landschaft um Birnstengel, die Hohe Haide und der Wetzstein haben Gneis und sehr harte Schieferschichten als Untergrund. Die Königsheide gehört geologisch zum kristallinen Mantel des Fichtelgebirges; der Gneisphyllit tritt in den Hochlagen quarzreich, schiefrig sericitisch auf. Im übrigen Steinach-Vorgebirge liegen ähnliche geologische Verhältnisse vor. Im nördlichen Teil des inneren Hochlandes um Weißenstadt und Marktleuthen steht Granit an. Im Osten ist ein Basaltvorkommen, dessen wichtigste Gebiete der Steinberg und Schloßberg bei Neuhaus/Eger, der Reichsforst mit dem Steinberg und dem Ruhberg und das Gebiet des Großen und Kleinen Teichelbergs sind. Beendet wird dieser kurze geologische Überblick mit dem trefflichen Ausspruch des Altmeisters der bayerischen Geologie, Dr. Carl Wilhelm von Gümbel: „Das Fichtelgebirge ist eines der kunstreichsten Bauwerke der Erde, welches auf einer kleinsten Scholle die reichsten Spuren und Denkmale aus fast allen Perioden der langen Zeitgeschichte in sich schließt."[13]

---

13 Literatur: Dr. Helmut Reinel, Das Fichtelgebirge als natürliche Landschaftseinheit, in: Wanderführer durch das Fichtelgebirge, IV. Ausgabe, bearbeitet von Julius Neidhardt, herausgegeben vom Fichtelgebirgsverein e.V., 1978. - Friedrich Müller, Bayerns steinreiche Ecke, Wunsiedel 1979.

Der Schneeberg in alten Urkunden

Mit bestimmend für die Geschichte des Fichtelgebirges war das Auftreten der aus Schwaben stammenden Hohenzollern. Sie waren 1191 mit dem Burggrafenamt Nürnberg belehnt worden und hatten bald darauf den ausgedehnten Besitz der Grafen von Abenberg in Mittelfranken geerbt. Im Jahr 1248 war der Burggraf Friedrich von Nürnberg durch die Heirat mit Elisabeth, einer Schwester des Herzogs Otto von Meranien, der im gleichen Jahr kinderlos verstorben war, in den Besitz der Herrschaft Bayreuth gekommen und dadurch westlicher Nachbar des Fichtelgebirges geworden. Im Jahr 1285 erwarb Burggraf Friedrich von Nürnberg von Kneusel von Hohenberg die Burg Hohenberg mit ihren Zugehörungen. Im gleichen Jahr brachte der Burggraf die Herrschaft Wunsiedel in seinen Besitz. In der Folgezeit gelang es den Burggrafen, den ansässigen Adel mehr und mehr für sich zu gewinnen und so ihren Besitz im Fichtelgebirge allmählich zu vergrößern. Große Gebiete wurden durch Kauf erworben: Rudolfstein-Weißenstadt um 1347 vom Kloster Waldsassen, Epprechtstein mit Kirchenlamitz 1352 von Dienstmannen der Herren von Weida, 1415 Thierstein, Thiersheim und Marktleuthen von den Markgrafen von Meißen und Selb 1412/1415 von den Forstern. Burggraf Friedrich VI. von Nürnberg wurde 1415 vom Kaiser mit der Markgrafschaft Brandenburg belehnt, aus welcher später Preußen entstand. Der Titel „Markgraf zu Brandenburg“ wurde dann auch von solchen Hohenzollern geführt, die nur Herren der fränkischen Besitzungen waren. Ihre Besitzungen im Fichtelgebirge gliederten die Burggrafen von Nürnberg und späteren Markgrafen von Brandenburg-Kulmbach-Bayreuth verwaltungsmäßig in die fünf Ämter Wunsiedel-Hohenberg, Weißenstadt, Kirchenlamitz, Thierstein und Selb. Als um 1504 Wunsiedel von Hohenberg getrennt wurde, waren die „Sechs Ämter“ entstanden. An der Spitze eines jeden Amtes stand ein adeliger Amtmann, der in erster Linie für die militärische Organisation verantwortlich war. Ihm unterstanden für die Rechtspflege ein Richter und für das Finanzwesen ein Kastner. Markgraf Friedrich Carl Alexander, der letzte Vertreter der fränkischen Hohenzollern, dessen Ehe mit Friederike Caroline von Sachsen-Coburg kinderlos geblieben war, trat 1791 die Markgrafschaft Bayreuth-Kulmbach, auch Fürstentum Bayreuth genannt, gegen eine jährliche Leibrente von 300 000 Gulden an König Friedrich Wilhelm II. von Preußen ab, der ein Hohenzoller aus der preußischen Linie war. In zweiter Ehe war Markgraf Alexander mit der Engländerin Lady Elisa

Graven verheiratet. Er ging mit ihr nach England, wo er am 5.1.1806 auf Schloss Benham im Alter von 69 Jahren und 10 Monaten starb.

Der größte Teil des Fichtelgebirges gehörte nun zum Königreich Preußen. Die preußische Herrschaft währte aber nicht lange. Im Jahr 1806 besetzten Truppen Napoleons das gesamte Fürstentum Bayreuth und stellten es unter französische Verwaltung, bis es 1810 im Zuge der Vergrößerung der Rheinbundstaaten Bayern angegliedert wurde, das 1806 Königreich geworden war.

Wie schon ausgeführt, wird der Schneeberg erstmals im Jahr 1477 urkundlich genannt. Im „Berckwerckpuch der verlihen lehen auf dem gepirg“ heißt es auf fol. 12: Fritz Bretfelder von Nürnberg und Hanns Haffner vom Gefreß haben empfangen eine Fundgruben am Schneeberg am Vichtelberg und am Weißmayn gelegen ... 1477.[14] Diese beiden Bergbau-Unternehmer haben also 1477 zwischen dem heutigen Seehaus-Parkplatz und Karches am Paschenbach, der früher Weißmain hieß, ein Zinnerz-Bergwerk gemutet. Bergbauwillige mussten sich mit dem Recht belehnen lassen, an einem bestimmten Ort, auf bestimmten Lagerstätten und innerhalb bezeichneter Grenzen Bergbau treiben zu dürfen, wofür an die Herrschaft gewisse Abgaben zu entrichten waren, die sich teilweise nach dem Ertrag richteten. Diese Belehnungen wurden in Lehenbüchern oder besonderen Berglehenbüchern der Markgrafen von Brandenburg-Kulmbach-Bayreuth eingetragen, die zu dieser Zeit die Landesherren waren und das Bergregal besaßen.

Die weitaus meisten urkundlichen Erstnennungen sagen nichts über das tatsächliche Alter einer Sache aus. Erfahrungsgemäß dauerte es früher lange, bis sich Wald-, Berg-, Flur- und andere Landschaftsnamen fest einführten. Man kann deshalb ruhig annehmen, dass der Schneeberg sicher schon im 14. Jahrhundert so genannt wurde.

Im Landbuch der Sechsämter von 1499, der ältesten Aufzeichnung der landesherrlichen Besitzungen und Gerechtsame im Fichtelgebirge (bearbeitet von Dr. Friedrich Wilhelm Singer) ist auf Seite 366 unter der Beschreibung der „Weld und Höltzer im ambt Weissenstat“ folgendes zu lesen: „Unnd die Raynung desselben holtz get und hebt sich an im Pirckenpach am Mairhof. Das ist der Rain und get hinauf alsweit der Mairhof raicht und oben am Mairhof wider hinab bis inn Pirckenpach. In selben zu perg ann Schneperg, uber denselben hinuber uf den Haberstein ...“ Weiter heißt es: „In disem Rain ist eingezogen der

14 Bayer. Staatsarchiv Bamberg, Rep. C 2, Nr. 1360.

Karte vom markgräflichen Amt Weißenstadt. Die gestrichelte Linie ist die Grenze des Amtes Weißenstadt und im Westen und Norden zugleich die Grenze der Sechsämter. An der Südseite des Schneebergs war der von Vordorf nach Bischofsgrün verlaufende alte Weg ein Stück die Grenze zwischen den markgräflichen Ämtern Weißenstadt und Wunsiedel. Beim Meierhofer Weiher ist der Grenzverlauf nicht richtig eingezeichnet; die Grenze ging mitten durch den Weiher, entlang des ursprünglichen Verlaufs des Birkenbaches.
Archivalische Quelle: Bibliothek des Fichtelgebirgsmuseums Wunsiedel.

Sneperg, daran itzt kein holtz stet ..." Die unterschiedliche Schreibung Schneperg und Sneperg ist ohne Bedeutung, es handelt sich immer um unseren Schneeberg. Ein großer Teil des Schneebergs mit dem Gipfelbereich gehörte zum markgräflichen Amt Weißenstadt.

In einer späteren Beschreibung „des Vogtey Ambts und Gericht Weisenstadt, erstattet von Christoph Philipp Göring; de dato 12. Sebtembr. 1676" ist der Verlauf der Grenze des markgräflichen Amts Weißenstadt am Schneeberg wie folgt beschrieben: „Der Hohen Landes Fürstl. Obrigkeit circumferenz ... fänget sich im Hohen Wald uffm Schneeberg ...an, gräntzet auf der Höhe am Schneeberg, da der Weeg oder Fußsteig von Vordorff auf Bischofsgrün gehet, wird der Diebsteig genandt, allwo Wunsiedel, Gefrees und Weißenstadt zusammen stoßen ... sodann zur linken Hand gerad, über den Schneeberg ferner zu Thal ... zum Uhrsprung etlicher Quellen, daselbsten samlet sich ein Bächlein, geht durch die Lohe in Hochfürstl. Herrschaftl. Meyerhof Weyer ..." Zum Schluss der ausführlichen Grenzbeschreibung heißt es dann: „... und über den Goldcronacherweeg in die Hohe Haidt, über den Bischoffsgrünerweeg hinter den Kaltenbuch zu Thal der Höreths- biß auf das Förstwießlein zum Forstdienst Bischofsgrün gehörig, fürters in den Diebsteig, zu und auf den Schneeberg ... das Eingangs gedachtermaßen Weißenstadt, Wunsiedel und Gefreeß mit einander anfangen und scheiden ..."[15]

Der in vorstehender Grenzbeschreibung genannte alte Bischofsgrüner Weg überquerte die Höhe zwischen Nußhardt und Schneeberg südlich von der alten Weißenstädter Bergwachthütte und kreuzt dort den markierten Höhenweg Nußhardt-Schneeberg. Die Bezeichnung „Diebsteig" ist nicht mehr geläufig. Auf dem alten Bischofsgrüner Weg gingen noch bis vor dem Zweiten Weltkrieg Vordorfer zum Kirchweih-Jahrmarkt nach Bischofsgrün. Auf diesem Weg werden am 1. Juli 1785 auch Johann Wolfgang von Goethe und seine Begleiter gegangen sein, als sie über Vordorf nach Wunsiedel wanderten. Jetzt ist der Weg im Wald westlich von Vordorfermühle bis auf die Kammhöhe zwischen Nußhardt und Schneeberg über weite Strecken so verwachsen, dass er nicht mehr zu finden ist. Nordwestlich von der Kammhöhe verlief er wie die jetzige Forststraße und ging weiter unten im jetzigen markierten Wanderweg in Richtung Höhenklinik-Fröbershammer-Bischofsgrün weiter. Wo sich der alte Bischofsgrüner Weg (Diebsteig) und der Höhenweg Nußhardt-

15 Bayer. Staatsarchiv Bamberg, Collekt. Thomas, Bestand: C 18/1, Nr. 52/IV.

Schneeberg kreuzen, steht südwestlich von der alten Weißenstädter Bergwachthütte ein großer runder Grenzstein, von Einheimischen Mehlsack genannt, an dessen Ostseite die Inschrift „Revier Vordorf" und an dessen Südwestseite die Inschrift „Revier Neubau" eingemeißelt ist. Ein gleicher runder Grenzstein steht weiter unten in Richtung Bischofsgrün an der Südseite der Forststraße, in dem folgende, teilweise schlecht lesbare Inschriften eingemeißelt sind: an der Ostseite „Revier Weißenstadt", an der Südseite „Revier Neubau" und an der Westseite „Revier Bischofsgrün". Beide Grenzsteine markieren die ehemalige Grenze des markgräflichen Amtes Weißenstadt und die Grenze des Landkreises Wunsiedel. Der am Schluss der Grenzbeschreibung genannte „Bischoffsgrünerweeg" ging von Bischofsgrün aus über Birnstengel westlich am Kalten Buch vorbei auf Weißenhaid-Schönlind und Meierhof zu.

Alter Forstämter-Grenzstein, Mehlsack genannt, südwestlich von der alten Weißenstädter Bergwachthütte. Er steht auf der Grenze des ehemaligen markgräflichen Amtes Weißenstadt und auf der Grenze des Landkreises Wunsiedel. Früher ging hier der alte Weg Vordorf-Bischofsgrün vorbei, der noch bis vor dem Zweiten Weltkrieg begangen wurde.

Die Bauern von vielen Dörfern des Fichtelgebirges hatten früher das althergebrachte Recht, ihr Vieh in bestimmten herrschaftlichen Waldungen weiden zu lassen. Im „Landbuch des Amtes Berneck, Gefrees und Goldkronach von 1536" wird die Hutgerechtigkeit von Bischofsgrün wie folgt beschrieben: Die Hut und Trift hebt sich an am kalten Buch mitten auf der Blöse. Von hier auf die alte Glashütte, von da bis auf den Schneeberg, soweit wir den erlangen können. Vom Schneeberg herab an den Windfall bis an die Schmelzhütte. Am Main hinauf bis an das Zinnwerk. Von hier an den Fichtelberg bis auf den Gern an den Lüzelmain. Vom Gern ein Trieb durch den Kirchbühl bis auf den neuen Brand. Vom Neuenbrand ob dem Hedler herum auf die Hohenhaid. Das haben wir gehabt zur Hut von alters her.[16] Auch die Bauern von Vordorf hatten das Weiderecht in herrschaftlichen Waldungen am Schneeberg. In der „Neuen Birgischen Waidt Ordnung", die um 1573 erlassen wurde, heißt es unter Vordorff: „Treibt in die Hamerleitten, in die farmleitten, inn Schurel, inn die Zeittelweyd, auch an Paurudl zwischen der Zeitelweyd und dem Rollenstein. Item bej dem Pirckenpach."[17] Nach einer Urkunde vom 1.5.1772 hatten die Bauern von Vordorf das Recht, 80 bis 90 Stück Rindvieh in der Dürrseif und der Fahrenleithen alltäglich zu hüten. Die Bauern mussten dafür alljährlich 13 Klafter Stöcke unentgeltlich statt eines Hutgeldes graben und der Wildmeisterei Vordorf zur Verrechnung übergeben. Zur Fahrenleithe und Dürrseif gehörten die Forstorte Schneeberg, Lungen, Schechtel, Beinigte Loh und Schauerberg.[18] Seit 1819, also in bayerischer Zeit, mussten die Vordorfer Bauern für die Hut im Staatsforst ein jährliches Pachtgeld von 10 Gulden zahlen.[19] Die bayerische Staatsforstverwaltung hatte demnach bereits aus einer Hutgerechtigkeit eine Pachthut gemacht. Wegen der Hut im Staatsforst gab es zwischen Bauern und dem Forstpersonal immer wieder Reibereien. Am 21.4.1823 schrieb das Königl. Forstamt Wunsiedel an die Gemeindeverwaltung Vordorf: „Nach einer Anzeige der Königl. Revierförsterey Vordorf hat die Gemeinde zu Vordorf die Pachtbedingungen, unter welchen ihr die Waldhuth mit Zugvieh unterm 17.9.1819 pachtweise bewilligt wurde, alljährlich überschritten. Die Gemeinde wird daher gegen alle jenem Pachtvertrag entgegenstehende Huthexzesse verwarnt und zugleich bedeutet, daß es keinem Hauß- und Hofbesitzer gestattet wird, sein Vieh einzel, und außer der gewöhnlichen Huthzeit in die Domainenwaldung eintreiben zu dürfen. Jedes Einzelhüthen im Walde ist daher auf das strengste verboten, und zieht nicht nur die gesetzliche Strafe, sondern auch den Verlust der Pachthuth

16 Landbuch des Amtes Berneck, Gefrees und Goldkronach von 1536, bearbeitet von Michael Götz, Brandholz, in: A0 1926, 29. Bd., 3. H.

17 Bayer. Staatsarchiv Bamberg, „Hauptmann und Räte", Rep. C 2, Nr. 1283.

18 Gemeindearchiv Vordorf, Akt 723/10.

19 Gemeindearchiv Vordorf, Akt 740/4.

nach sich."[20] In der Folgezeit versuchte die Staatsforstverwaltung den Weidebetrieb im Staatsforst immer mehr einzuschränken, was verständlich ist, denn Waldweide und eine geregelte Forstwirtschaft vertragen sich schlecht. Soweit bekannt, stellten die Vordorfer die Hut im Staatsforst schon bald nach 1850 ein. Die Gemeindehuten wurden noch bis etwa 1890 genutzt. Danach gingen die Bauern ganz auf Stallfütterung über, die wirtschaftlicher war als der zeitweilige Weidebetrieb.

Um die Viehherden auf die rechtmäßigen Weiden zu treiben und wieder heim zu geleiten, brauchte man die Gemeindehirten. Jedes Dorf hatte einen Hirten, der im Fichtelgebirge auch Hutmann genannt wurde. Er wohnte im Hirthaus, das meistens in der Mitte des Dorfes auf Gemeindegrund errichtet worden war. Die immer nur für eine Weidesaison vorgenommene Dingung und Verpflichtung der im Gemeindedienst stehenden Hirten gehörte als Rechtsakt zur vogteilichen Obrigkeit. Im Mittelalter galt der Beruf des Schäfers (Hirten) als „unehrliches Gewerbe", und zwar seit der Mitte des 14. Jahrhunderts. Die Gründe dafür lagen hauptsächlich in der Engstirnigkeit des spätmittelalterlichen Zunftwesens und im Aberglauben der Zeit. Unehrlichkeit bedeutet in der Sprache der Epoche, dass der Beruf nicht zunftmäßig war. Erst auf dem Reichstag zu Augsburg im Jahre 1548 verabschiedete Kaiser Karl V. eine Verordnung, die diese Unehrlichkeit, gegen den Widerstand des Handwerkerstandes und seiner „Lobby", der Zünfte. Sie musste noch mehrfach erneuert werden, und in der Praxis dauerte es noch fast zweihundert Jahre, bis der Schäfer die gleiche Achtung wie andere Berufe genoss.

Eine aufschlussreiche Quelle ist die „Beschreibung der herrschaftlichen Wälder im markgräflichen Amt Wunsiedel, Anno 1571".[21] Sie berichtet vom Zustand der Wälder und deren vielfältige Nutzung. Sie lieferten Brennholz, Bauholz, Kohlholz und noch vieles mehr. Der südliche und östliche Teil des Schneebergs gehörte zum markgräflichen Amt Wunsiedel. Wie überall, so überwog auch hier die Fichte. Auffällig ist die häufige Nennung von Ahorn, und zwar besonders in höheren Lagen. Ein ca. 30 Tagwerk großer Bestand aus Ahorn und einzelnen Buchen zwischen Nußhardt und Schneeberg lag teilweise in über 950 m Höhe über NN und wird „ufn Ahorn" genannt. Er zog sich auch am Osthang

---

20 Gemeindearchiv Vordorf, Akt 723.

21 Bayer. Staatsarchiv Bamberg, Rep. C 18[1], Nr. 78 (Handschriftenband Grüne Collektaneen). Beschreibung der herrschaftlichen Wälder im Amt Wunsiedel, Anno 1571, bearbeitet und kommentiert von Rudolf Thiem, 2003.

des Schneebergs über die Rusel hinab. Daran erinnert noch der Name „Ahorngarten“ unten am Rusel-Abhang. Es ist nicht zu bezweifeln, dass es sich dabei um autochthone Ahornbestände handelte. Häufig vertreten waren auch Buche und Tanne. Da man sich zu dieser Zeit noch ganz auf die Naturverjüngung verließ und nicht wie später Wald säte und pflanzte, befand sich die Bewaldung trotz massiver menschlicher Eingriffe noch weitgehend im Urzustand.

Wer in herrschaftlichen Waldungen Holz zu bekommen hatte, musste es sich gegen ein geringes Anweisgeld vom Forstknecht, so hieß damals der Förster, oder vom Forstmeister anweisen lassen. Jeder musste das ihm zugewiesene Holz selbst schlagen und aus dem Wald hinausschaffen, was in dem unwegsamen Gelände am Schneeberg nicht einfach war. Häufig konnte das geschlagene Holz nur im Winter abtransportiert werden, wenn der Boden gefroren war und nicht zuviel Schnee lag. Richtig erschlossen durch Forstwege wurde der Wald erst im 19. Jahrhundert. Die Forstverwaltung des Fichtelgebirges hatte bis zur Mitte des 19. Jahrhunderts keinen eigenen Waldarbeiterstamm. Im Jahr 1861 erwähnt Forstmeister Kadner sen. in der Generellen Beschreibung der Fichtelgebirgswaldungen, dass nunmehr der Holzeinschlag von „eigenen aufgestellten“ Holzhauern ausgeführt würde, nachdem inzwischen ein ausreichendes Wegenetz geschaffen worden sei. An etlichen Stellen im Wald wurde Holzkohle gebrannt. Da sie viel weniger als Holz wiegt, ist auch ihr Abtransport leichter zu bewerkstelligen. Am Südabhang des Schneebergs auf die Nasse Bruck und den Nußhardt zu betrieben die Hammermeister Göschel vom Frankenhammer bei Weißenstadt Holzkohlenmeiler. Dort brannten sie auch „Hart Koln in Gruben“. Harte Holzkohlen waren Grubenkohlen aus Abfallholz.[22]

Am Schneeberg geschlagenes Brennholz flößte man ab ungefähr 1600 einige Jahre lang von Vordorfermühle aus in der Rösla nach Wunsiedel. Am 20.8.1599 wurde der Rat der Stadt Wunsiedel unterrichtet, dass der Forst- und Wildmeister Hanns Präter die Absicht hat, „ein Neu flötzs ab Vordorf anzurichten“. Im Jahr 1601 sollte „die Flötzs zu Vordorff förderlich geraumbt werden“. Auch 1602 wird von einer „Raumung der Neuen Flötzs von Vordorff nach Tröst a“ berichtet. Unter geraumbt oder Raumung ist das Freimachen des Bachbettes von Hindernissen zu verstehen, damit das Holz ungehindert geflößt werden konnte. Im Jahr 1606 wurden von Vordorfer Bauern „im Neuen Hau uber Vordorff“

22 Dr. Karl-Heinz Mayer, Die Forstgeschichte des Fichtelgebirges, 1998.

910 Klafter Wunsiedler Rechtsholz geschlagen, wovon 823 Klafter „zur Flötz ans Wasser gefurt worden". In den Wunsiedler Ratsprotokollen ist auch vermerkt, dass von den 823 Klaftern, die von Vordorf aus geflößt wurden, in Wunsiedel 290 Klafter zuwenig ankamen.[23] Man sieht daraus, dass die Flößerei eine unsichere Sache war. Da man entlang der Rösla nicht überall Aufpasser hinstellen konnte, wird viel Wunsiedler Flößholz unterwegs in Leupoldsdorf, Tröstau, Furthammer und an anderen Orten Liebhaber gefunden haben. Der Flötzplatz, auf dem das zu flößende Holz gelagert und bei dem es bei günstigem Wasserstand zu Wasser gebracht wurde, befand sich westlich von der jetzigen Ortschaft Vordorfermühle, etwas östlich von der Einmündung des Lungenbaches in die Rösla, die oberhalb davon von den Einheimischen Flötzbach genannt wird. Die alte steinerne Brücke über den Flötzbach wurde 1975 durch eine Betonbrücke ersetzt und heißt jetzt noch Flötzbrücke.

Der Schneeberg in alten Beschreibungen

Kaspar Bruschius schreibt in seinem Buch „Des Vichtelbergs... gründtliche Beschreibung", das 1542 gedruckt wurde, folgendes: „Die hohe Metz, der Kümenberg, der Schiferstein, der Plattenberg, die Farenleutten, der Nußhart, der Schneeberg, welcher so hoch ist, das man auch vber das gantz jar schnee droben findet, Daher er auch den namen hat..." Abgesehen von der Nennung des Schneebergs im Landbuch der Sechsämter von 1499, ist Bruschius der erste Beschreiber des Fichtelgebirges, der den Schneeberg namentlich nennt. Da er die dort befindliche Warte nicht erwähnt, ist anzunehmen, dass er selbst nicht auf dem Schneeberg gewesen ist, der zu dieser Zeit noch unwegsam und schwer zugänglich war.

Zu erwähnen ist auch die Beschreibung des Schneebergs von M. Johann Will, die aus der Zeit um 1692 stammt: „Und hat der Schneeberg wol den Namen mit der That, weil er einen rechten Schneekasten abgiebet, und in seinen Wintrischen Klüfften und Höhen immer zu, auch wol mitten im Sommer, einen guten Schnee-Vorrath aufbehält. An der Größ und Höhe gleichet er dem nechst anstossenden Fichtelberg, gleichsam als wenn er sein Zwillingsbruder wäre, trägt er mitten auf seinem hohen Rücken rudera einer zerfallenen Eile, oder Hohen Wart, auf der

23 Stadtarchiv Wunsiedel, Band 32, Ratsprotokolle 1597-1610.

südlichen Seiten den grossen Haberstein, der von ferne vor ein vestes Schloß angesehen wird ...“[24]

Ausführlicher beschreibt Johann Christoph Pachelbel in seinem Buch „Ausführliche Beschreibung des Fichtel-Berges ...“, das 1716 gedruckt wurde, den Schneeberg. „Von diesem schreibet schon von mehr dann anderthalb hundert Jahren unser offt belobter Herr Brusch daß er so hoch sey daß man auch über das gantze Jahr Schnee daroben findet, daher er dann auch den Nahmen habe. Heute zu Tage aber, da er anfängt entblöset zu werden, findet man im Sommer keinen Schnee darauf, wohl aber scharffe Winde. Wiewohl auch des offtermahl gedachten Hr. M. Großens er doch vom Ochsenkopff an der Höhe weit solle überstiegen werden, dessen entsetzliche Höhe am allerbesten von der Hohen Farmleuten kan betrachtet werden. Von diesem Berg lassen sich unterschiedliche herrliche Felßen, auch in die weite Entfernung sehen. Von Weissenstadt aus hat man fast 2 Stunden lang hinauff zu gehen, welcher auch guten theils mit seiner Waldung diesseits in den Weissenstädter Forst gehöret. Auf diesen gewaltig hohen Schneeberg nun und auf dessen obersten Mitte haben An. 1520 beede regierende Herrn Markgrafen, Casimir und Georg, Gebrüdere, und zwar noch bey ihres Herrn Vaters, Herrn Marggraf Friedrichs Lebens-Zeiten, dem Weissenstädter Stadt-Rath Gnädigst anbefohlen einen hohen Thurm oder Warth zu bauen, welches dann auch unverzüglich geschehen. Von diesem Warth-Thurm stehet gar ein weniges noch, und zwar kaum eines Mannes hoch, das andere Gemäuer ist alles zerfallen und eingegangen. Nechst an dieser eingegangenen Warth stehet ein grosser Felsen fast 2 Gaden hoch, welcher an der einen Seite dergestalt zubereitet, daß man wie auf Staffeln hinauf steigen kan, oben auf ist derselbe etwas breit und eben, daß man füglich daroben stehen und gehen kan, auf diesem Felßen kan man gegen die 4 Theile der Welt überaus weit herum sehen, daß man also dafür erstaunen muß, und sind andere herumgelegene Berge sehr geringe anzusehen, welches man sich unten nimmermehr einbilden kan. Es solle dazumahl Gnädigste Landes-Herrschafft solche gemeldte Warthe zu bauen anbefohlen haben, da die benachbarte Unterthanen im Reich sich wieder ihre Herrschafften zusammen rottiret, auch da dieser Lermen Ann. 1525 im Lande ebenfalls ausgebrochen, hat man von Weissenstadt aus, welcher Ort getreu geblieben, eine Wacht auf solcher Warth gehalten, damit man der benachbarten Vorhaben obser-

24 Wie Anmerkung 8.

viren können. Wunderbarlich seynd um diese Warth 2 grosse Plätze mit Steinen zu sehen, welche daherumb aneinander liegen, als wann sie mit Fleiß zusammen gelehnet, und vom Werckmeister zubereitet wären, seynd auch gantz weiß ohne Moos und Erden, als sehe man eine grosse Heerde Schaafe, da doch sonsten der gantze Berg mit Holtz und Gebüsch auch zu nechst an diesen Steinen bewachsen, daß man fast zu thun hat, dadurch zu gehen. Merckwürdig ist, daß auf dieses Berges höchster Höhe fast alle Zweige und Aeste der Fichten-Bäume unter sich gegen die Erden wachsen, so im Winter von der Schwerigkeit des häuffigen Schnees herrühren soll." Soweit die Ausführungen Pachelbels. Der Schneeberggipfel wurde also schon in der ersten Hälfte des 16. Jahrhunderts zeitweilig militärisch genutzt. Man hielt den Ochsenkopf früher für höher als den Schneeberg, wovon noch die Rede sein wird.

Zeichnung vom Schneeberg, 1716. Aus: J. Chr. Pachelbel, Ausführliche Beschreibung des Fichtel-Berges ... Leipzig 1716.

Pachelbel schreibt vorstehend beim Schneeberg, dass „... auf dieses Berges höchster Höhe fast alle Zweige und Aeste der Fichtenbäume unter sich gegen die Erden wachsen ...“ Es handelt sich dabei um so genannte Senkerfichten, die auch in Kohler-Prells Wanderbuch durch das Fichtelgebirge ... 1914-16, genannt werden. Dazu ist im „Wanderführer durch das Fichtelgebirge“, IV. Ausgabe, 1988, auf den Seiten 44/45 folgendes zu lesen: „Auf den Gipfeln, z.B. am Schneeberg, leidet die Fichte schon sehr stark unter dem kalten, schneereichen Klima, so daß' die nur noch kümmerlich gedeihenden Fichten geradezu Absenker treiben. Der Schneedruck legt die unteren Äste der licht stehenden Bäume nieder; Moos und Schwarzbeersträucher überwuchern diese, welche sich, angeregt durch die Feuchtigkeit des Bodens, neu bewurzeln, während sich die Zweigenden aufrichten und neue Bäumchen bilden. Der verwetterte Mutterstamm gewährt dann mit den ihn umgebenden, anfänglich freudig aufwachsenden kleinen Bäumchen einen eigentümlichen Anblick, und es ist gewiß merkwürdig, daß auf den Gipfeln unserer Berge bei der Fichte an die Stelle der hier seltenen Vermehrung durch Samen die durch Absenker tritt‘ (A. Schmidt). Solche Senkerfichten kommen auch am Nußhardt und auf der Luisenburg vor, ebenso im Bayerischen Wald (Arber und Osser), aber merkwürdigerweise nicht in den Alpen.“ Letztere Feststellung ist nicht richtig. Senkerfichten gibt es auch in den Alpen. (Briefliche Mitteilung von Dr. Bernd Stimm vom Lehrstuhl für Waldbau der Technischen Universität München, der zum Thema „Senkerfichten“ seine Doktorarbeit schrieb, an Eberhard Weber, Chemnitz.)

Schon 1498 war von den beiden Spitzenbeamten des hohenzollerischen Fürstentums Brandenburg-Kulmbach, Conz von Wirsberg, Hauptmann auf dem Gebirg, und Landschreiber Friedrich Prucker, eine „Ordnung mit dem Wartten und der Eihle“ aufgestellt worden. Sie richtete sich nicht gegen irgendwelche äußeren Feinde, sondern gegen „Plackerey, Rauberey und andere Schäden“ innerhalb des Landes.

Das 1498 zusammengestellte Alarmsystem umfasste nahezu das gesamte Fürstentum „ob des Gebirgs”, wie der nordöstliche Landesteil hieß. An erster Stelle der Warten wird der Schneeberg genannt, wo bereits eine Warte aus Holz bestand und künftig ein gemauerter Turm errichtet werden sollte, was später dann auch geschah. Außerdem werden folgende Warten genannt: Weißenstein bei Stammbach, Hohberg, Hof, Rehberg gegenüber der Plassenburg ob Kulmbach, Culmberg südlich von Bayreuth, Rauher Culm, Küheberg bei Creußen, Katharinenkirche bei Wunsiedel, Epprechtstein, Thierstein. Bei allen Warten waren Haufen von trockenem und grünem Reisig bereitzuhalten, um bei Nacht mit hellem Feuer, bei Tag aber mit dichtem Rauch Signale geben zu können.[25]

Der Weißenstädter Bürgermeister Christian Erdmann Pöhlmann schrieb um 1713 über den Schneeberg.[26] Er wiederholt ziemlich wortgetreu die Ausführungen Pachelbels. Wörtlich schreibt er: „Auf diesem sehr hohen Schneeberg nun, und auf dessen oberster Mitte haben Anno 1520 beide regierende Markgrafen Casimir und Georg ... hiesigen Burgermeister und Rath gnädigst anbefohlen, einen hohen Thurm oder Wart zu bauen, welches dann auch hierauf unverzäglich geschehen, und hat die Verrechnung über solchen Bau der damalige allhier berühmt gewesene Burgermeister Fritz Frorntag geführet, die Kosten aber hiezu hat die Stadt und das ganze Amt miteinander getragen. Von diesem Wartthurm, welcher rund erbauet und dessen Mauern 6 Werkschuh dick und in der Mitte 6 Schuh Platz oder weit gewesen, steht gar ein weniges und zwar kaum eines Manns hoch, das andere Gemäuer ist alles zerfallen und eingegangen oder sonst in Kriegszeiten mit ruiniret worden... Wunderlich sind um diese Wart zwei große Plätz mit Stein zu sehen, welche daher um einander liegen, als wenn sie mit Fleiß zusammen geleimet und vom Werkmeister zubereitet wären, deren theils 9,10,12 wohl 16 Schuh lang sind, auch ganz weiß ohne Moos und Erde, als sähe man eine Heerd Schafe ... Ich, der solches davon schreibet, vermeinet, daß diese Steine von einer sonst allda gestandenen langen und eingestürzten Felsenwart herrühren mögen, dessen Grund fast noch zu sehen ist, und habe ich solches selbst mit meinen Augen zweimal gesehen und betrachtet, auch erst vor ein Jahr an einem schönen hellen Tag nebst etlich andern Personen das andere mal da oben gewesen ... daß ich also dieses Erzählte wohl mit Wahrheit und Selbsterfahrung hieher mit setzen können." Soweit die Ausführungen Pöhlmanns.

Wie auf dem Schneeberg, so waren auf vielen Bergen des Fürstentums Bayreuth-Kulmbach Warten errichtet und besetzt worden. Bei Annäherung von Feinden hatten die Turmwärter Feuer- oder Rauchzeichen zu geben. Durch die Weitergabe von Warte zu Warte erhielt der Landesherr schnell Nachricht und konnte notwendige Vorkehrungen zur Verteidigung treffen. Beim Bauernaufstand 1525

25 Michael Neubauer, Feuer und Rauch gegen „Plackerey und Rauberey", in: Frankenpost vom 11.,12.,13.4.1998.
26 Christian Erdmann Pöhlmann, Kurze Beschreibung der Stadt Weißenstadt, in: AO, 16. Bd., 3. H., 1884/86. (Manuskript um 1720.)

mussten auch bei Zusammenrottungen aufrührerischer Bauern innerhalb des Landes Zeichen von Warten gegeben werden. Den Wartturm auf dem Schneeberg hatte die Stadt Weißenstadt nach der Wartordnung mit zwei Wärtern besetzt zu halten.

Es wurde geschrieben, dass der auf der Westseite des Schneebergs befindliche Jägersteig ursprünglich als Versorgungsweg für die Wächter auf dem Schneeberg angelegt und als solcher genutzt wurde.[27] Das trifft nicht zu. Diesen Steig ließ 1956 der zuständige Revierförster Otto Eitner für jagdliche Zwecke anlegen, und zwar hauptsächlich als Pirschsteig für die Hirschjagd.[28]

J.Th.B. Helfrecht aus Hof, der gegen Ende des 18. Jahrhunderts das Fichtelgebirge häufig besuchte und darüber schrieb, erwähnt die ehemalige Warte auf dem Schneeberg auch. Außerdem schreibt er vom Schneeberg folgendes: „Die obere Region besteht ganz aus chaotisch liegenden Granitblöcken und Waldung. Die letzte Strecke bis an den Gipfel, ungefähr eine Viertelstunde lang, hat lauter Brocksteine von beträchtlicher Größe. Die meisten Stücke haben 3 bis 6 Fuß Breite und Länge. Man hat viel Mut, Anstrengung und Vorsicht nötig, wenn man, ohne an dergleichen Märsche gewöhnt zu sein, auf dieser unwegsamen Seite hinauf klimmen will. Man springt auch hier von Felsen zu Felsen, dringt über Wurzeln und Büsche weg und watet oft durch sumpfige Plätze. Wenn man von Weißenstadt aus auf den Gipfel kommen will, so wird man zwei Stunden bei männlichen Schritten zubringen, mehr als eine Stunde, um von dem Fuße des Berges hinauf zu gelangen. Man konnte ihn vormals kaum ersteigen und noch wird der die härtesten Beschwerlichkeiten erfahren, der an diesem Berg den rechten Pfad verfehlt und nun in fürchterliche Klippen, Sümpfe und Büsche gerät.[29]

Helfrecht schildert anschaulich, wie schwierig es noch vor 200 Jahren war, auf den Schneeberg zu gelangen. Das erklärt auch, dass der Weißenstädter Bürgermeister Christian Erdmann Pöhlmann, wie er selber schreibt, nur zweimal auf dem Schneeberg war, der ja teilweise zum markgräflichen Amt Weißenstadt gehörte. Außerdem gab es zu Pöhlmanns Zeiten um 1713 in den Wäldern am und auf dem Schneeberg noch Bären, die nicht nur dem Weidevieh Schaden zufügten, sondern

27 Hermann Grießhammer, Der alte Wartturm auf dem Schneeberg und der sogenannte „Jägersteig“, in: Der Siebenstern 1993. - Andreas Gewinner, Verborgen und ursprünglich - Kaum bekannt: der wohl älteste Pfad zum Schneeberg, in: Nordbayerischer Kurier, Oktober 1998.

28 Auskunft von Herrn Revierförster i.R. Otto Eitner, Schönlind, am 28.9.2000 und 28.11.2000.

29 J.Th.B. Helfrecht, Ruinen, Alterthümer und noch stehende Schlösser auf und an dem Fichtelgebirge, Hof 1795. - Das Fichtelgebirge nach vielen Reisen auf demselben beschrieben, 2 Bände, Hof 1799 und 1800.

auch den Menschen gefährlich wurden. Lesen wir dazu, was Johann Christoph Pachelbel in seinem 1716 erschienenen Buch „Ausführliche Beschreibung des Fichtel-Berges..." schreibt: „Die großen Wald-Bären giebt es in ziemlicher Anzahl.... Die Wölfe in hiesigen Wildnüßen seynd so arg, daß man nicht nur öfters von ihnen zerrissene Hirschen, oder Viertel oder Stücke davon, Wolffsriße insgemein genannt, findet, sondern sie zerreissen auch manches Stück Schaaf..." Der letzte Bär des Fichtelgebirges wurde 1769 von einem Vordorfer Förster wahrscheinlich im Wald am Schneeberg erlegt, und Wölfe gibt es auch schon lange nicht mehr. Daran werden nur wenige denken, wenn sie im Schneeberg-Gebiet auf markierten und gebahnten Wanderwegen oder auf gut ausgebauten Forststraßen unterwegs sind.

Ausführlich wird der Schneeberg 1833 von Andreas Sommerer beschrieben: „Dieß ist der größte Berg des ganzen Gebirgs, dessen Höhe auch die des Ochsenkopfs übertrifft; denn er ist 3221' P. Fuß über der Meeresfläche erhaben. Seinen Namen hat er daher, weil er in früheren Zeiten, wo er noch dichter und auf dem Gipfel bewaldet gewesen, das ganze Jahr hindurch mit Schnee bedeckt war. Die unterste Gegend des Berges hat viele sumpfige Stellen mit kleinem Gehöltz und Buschwerk; der schwarze Boden, mit einigen schönen Grasplätzen, aber auch von herabgefallenen Granitblöcken gröberer Art bedeckt, enthält Torf. Die mittlere Gegend bietet angenehme Weiden voll heilsamer Kräuter mit untermischten Nadelbäumen; an den herabgerollten Felsstücken klettern die Kühe, wie auf Schweitzer Bergen, herum. Die oberste Region besteht bloß aus Wald, hohem Schwarz- und Preiselbeergesträuch und aus unordentlich unter einander geworfenen Steinblöcken; der höchste Bezirk derselben ist eine kahle Fläche, etwa eine halbe Stunde im Umfange, von jungem Nadelholze umgeben. Überall bedeckt den Boden ein Geschütte von fast regelmäßige rhomboidalischen Granittafeln oder säulenförmigen Stücken, zwischen welchen verkrüppelte Fichtenbüsche und Heidelbeeren hervorwachsen; sie sind meistens 3-6' lang und breit. Auch diese Fläche war sonst mit wiewohl krüppelhaftem Holze bewachsen; allein ein vor etwa hundert Jahren entstandener Brand entblößte sie und einen Theil der westlichen Seite. Den Gipfel bilden vier einzelne Felsenkuppen, aus großen Granittafeln aufgeschichtet; die vorderste, aus 14 horizontalen Lagen bestehend und etwa 30' hoch, macht eine 40 Schritt lange und 4-5 Schritt breite von S. nach N. hingestreckte Felsenmauer, welche sich dergestalt nach W. neigt, daß man fürchtet, die hier oft sehr heftigen Windstöße möchten sie umwerfen. Man kann sie am südlichen Ende auf natürlichen Staffeln ziemlich bequem besteigen. Neben ihr stand sonst ein Wartturm, welchen die Stadt Weißenstadt auf Befehl der Markgrafen Casimir und Georg 1520 zur Beobachtung der Umgegend, in der sich die Unruhen des Bauernkrieges zu zeigen anfiengen, anlegen ließ. Besonders hielt man im Jahre 1525 Wache und Lärmfeuer, die hier weit umher sichtbar, Zeichen von herannahender Gefahr gaben; aus den runden schüsselförmigen Höhlungen, die man sonst auf einigen Felsen bemerkte, sollen die Wächter ihre Suppe gegessen haben. Der Turm ist längst eingestürzt, nur in dem geringen daliegenden Schutte findet man noch eine Spur davon. Rings herum liegen Tafelstücke von 2-4‘ Dicke; 4-6‘ Länge und 2-5‘ Breite, welche herabgestürzt sein mögen, darunter eine vielseitige Säule 25‘ lang und 3‘ dick. Dieser Theil des Gipfels heißt bei den Landleuten das Backöflein, weil im dreißigjährigen Kriege viele Bewohner der unten liegenden Ortschaften vor der Raub- und Mordsucht des rohen Kriegsvolks hieher geflüchtet, in der Nähe jenes Felsen ihr Brod bucken. Auf dem Rücken desselben loderte in der Nacht des 18. Okt. 1816, so wie auf mehreren andern niedrigeren Höhen des Gebirgs ein großes Feuer, welches eine Gesellschaft begeisterter Freunde des Deutschen Vaterlandes, unter ihnen Karl Sand, zur Feier des 18. Oktob., des Jahrestages der Schlacht bei Leipzig 1813, dort anzündete und unterhielt... In der Gegend ist eine Felsenhöhle, welche die Sternseherin heißt; hier wohnte, wie die Volkssage berichtet, ein übermenschliches weibliches Wesen, eine weissagende Sybille; sie habe sich nur selten sehen lassen, und wenn solches geschah, so wäre es ein Zeichen bevorstehender wichtiger Veränderungen gewesen, und was sie sprach, war kurz, abgebrochen, bedenklich.“[30] Soweit die Ausführungen Andreas Sommerers, der als erster die Bezeichnung „Backöflein“ für den Schneeberggipfel mit den stehenden und herumliegenden Felsen aufschreibt.

Die Landleute nannten also nicht etwa nur den dort stehenden Aussichtsfelsen „Backöflein“, sondern den ganzen Gipfelbereich. Erfahrungsgemäß sind derartige alte Namen keine Phantasieprodukte, sondern haben einen realen Ursprung, der meist in der Örtlichkeit zu suchen ist. Ist die Herkunft von Namen aber in Vergessenheit geraten, dann ist ihre Deutung oft schwierig und häufig nicht möglich. Dass man auf dem Schneeberg Brot gebacken hat, verweisen spätere Beschreiber

30 Andreas Sommerer (geb. 1796 in Birkenbühl bei Thierstein, von 1822-1840 Studienlehrer an der Lateinschule Wunsiedel), Das Alexandersbad, die Luisenburg und die Umgebungen derselben, besonders das Interessanteste vom Fichtelgebirg, Wunsiedel 1833.

Der Schneeberg-Aussichtsturm mit dem Backöfele im Vordergrund. Ansichtskarte

des Fichtelgebirges zu Recht ins Reich der Fabel. Es wurde auch angenommen, die Feuerstelle in der Nähe des von Weißenstadt aus unterhaltenen Wartturms habe der Örtlichkeit den Namen „Backöflein" gegeben. Auch das kann nicht zutreffend sein. Die Erklärung liegt vielmehr in einer links (östlich) vom Aufgang zum Schneeberg-Aussichtsturm befindlichen Felspartie. Sie hat eine gewisse Ähnlichkeit mit einem gemauerten Backofen, wie sie bis weit ins 20. Jahrhundert hinein in Bauernhäusern und als gemeinschaftlich genutzte Dorfbacköfen in Gebrauch waren. Dieses auf der Ostseite ähnlich wie ein gemauertes Gewölbe aussehende Felsgebilde, dessen eigenartige Schichtung und Form durch Verwitterung entstand, ist ca. 3,50 m lang und 2,50 m hoch. Das im Gegensatz zu einem richtigen Backofen nach oben zu spitzige „Ofenloch" befindet sich auf der Nordseite der Felspartie. Es wird in der Vegetationszeit weitgehend von Laubwerk und Gesträuch verdeckt. Man kann sicher sein, dass von dieser backofenähnlichen Felspartie der Name „Backöfele" auf den Gipfelfelsen, auf dem seit 1926 der Aussichtsturm steht, überging.[31] Dieser Gipfelfelsen wird zur

31 S. auch Rudolf Thiem, Woher kommt der Name „Backöfele" für den Schneeberggipfel?, in: Der Siebenstern 1997, S. 3 ff. Dort wird irrtümlich angegeben, dass J.v. Pläanckner in seinem mit „Piniferus" betitelten Taschenbuch für Reisende in das Fichtelgebirge, das 1839 erschien, erstmals den Namen „Backöflein" aufschrieb, was hiermit berichtigt wird.

Unterscheidung mit dem eigentlichen Backöfelefelsen in den folgenden Ausführungen als Aussichtsfelsen bezeichnet.

Bei den von Andreas Sommerer genannten „runden schüsselförmigen Höhlungen", aus denen angeblich die Wächter ihre Suppe aßen, handelt es sich um Verwitterungsmulden. Sie kommen auf vielen Granitfelsen des Fichtelgebirges vor; in besonders ausgeprägter Form auf dem Nußhardt-Aussichtsfelsen. Teils in romantischer Verklärung, war man besonders im 19. Jahrhundert der Meinung, und zwar weniger die Landbevölkerung, sondern mehr die Gelehrtenwelt, dass diese Schüsseln von einer frühen Urbevölkerung zu Kultzwecken künstlich angelegt wurden und nannte sie Druidenschüsseln oder Opferkessel. Schließlich setzte sich aber die richtige Erkenntnis durch, dass diese Vertiefungen durch eine besondere Form der Granitverwitterung durch athmosphärische Einflüsse, also natürlich entstanden sind.

Andreas Sommerer berichtet auch von einer Volkssage, nach der am Schneeberg in einer Felsenhöhle ein übermenschliches weibliches Wesen, eine weissagende Sybille lebte. Sie soll auf der Hohen Haide zwischen Birnstengel und Haidlas begraben worden sein.[32] Matthias von Kemnath schreibt schon in der zweiten Hälfte des 15. Jahrhunderts von einem „sternenseher ... meister Niclas von Fichtelberg..." In der Sage wurde wahrscheinlich aus dem Sternseher Meister Niclas die weissagende Sibylla Weiß. Heute noch heißt eine Waldabteilung östlich von der Höhenklinik Bischofsgrün auf den Schneeberg zu „Sternseherin". Dieser alte Waldname „Sternseherin" wurde von fast allen Beschreibern des Fichtelgebirges erwähnt und wird auch in amtlichen Wald- und Grenzbeschreibungen genannt, erstmals wahrscheinlich im Landbuch des Amtes Berneck-Gefrees-Goldkronach von 1536. Der Waldname beweist, dass die Überlieferung bzw. Sage vom Sternseher einen realen Hintergrund hat. Da sich um verschwundene Siedlungen häufig Sagen ranken, kann Meister Niclas und nach ihm Sibylla Weiß mit der abgegangenen Siedlung Frowinesgrune, die im Bereich der Waldabteilung „Sternseherin" lag, in Verbindung gebracht werden. Die Beschreibung des Matthias von Kemnath trifft auf die abgelegene Lage der Siedlung Frowinesgrune zu. Es ist bei Sagen bekanntlich schwierig und häufig unmöglich, den möglicherweise vorhandenen wahren Kern aus dem Gespinst der Phantasie herauszuschälen. Trotzdem erscheint es glaubhaft, dass dieser Meister Niclas in oder in der Nähe der Siedlung

32 Christoph Seidel, Sibylla Weiß im Fichtelgebirge, in: Das Fichtelgebirg 1924, Nr. 7.

Frowinesgrune an der Westseite des Schneebergs lebte. Er war sicher eine außergewöhnliche Persönlichkeit, auch wenn seine Weissagung, am Fichtelberg werde einmal eine Stadt größer als Köln am Rhein erbaut werden, nicht in Erfüllung ging."[33]

Am 24.6.1837 besuchte der Herzogl. S. Coburg-Gothaische Major J.v. Pländkner auf seiner Erkundungsreise durch das Fichtelgebirge mit einem ortskundigen Führer, dem Webermeister Michael Weber aus Weißenstadt, mit dem er sehr zufrieden war, den Schneeberg. Er schreibt darüber in seinem mit „Piniferus" betitelten Taschenbuch für Reisende in das Fichtelgebirge, das 1839 erschien, folgendes: „Um 1/2 1 Uhr standen wir am Backöfle, dem höchsten Punkt des Schneeberges und somit des ganzen Fichtelgebirges, 3221' über der Meeresfläche... Auf dem Wege dahin kommt man, so wie man den Rudolphstein verlassen hat, an einer Felsenpartie, die drei Brüder genannt, vorbei. Dieser Weg ist von Weissenstadt aus bis fast zur höchsten Höhe zu befahren, wenigstens mit Ochsen und Leiterwagen, dann aber nur noch zu gehen und zwar mit grosser Vorsicht, denn die ganze obere, beiläufig eine halbe Stunde im Umfang habende, kahle Fläche, ist mit einem Geschütte von fast regelmässig rhomboidalischen 3 bis 6' langen und breiten Granittafeln oder säulenförmigen Stücken bedeckt, die das Gehen sehr gefährlich machen, namentlich, da aus den zwischen ihnen befindlichen Klüften verkrüppelte Fichtenbüsche und Heidelbeergesträuche hervorsprossen, wodurch fast jeder Schritt unsicher wird. Ein Brand entblösste vor etwa hundert Jahren diesen obern Theil des Berges, der ehedem auch, wiewohl nur mit krüppelhaftem Holze, bewachsen war, und so bietet er nunmehr die grösste Rund-, Um- und Fernsicht im ganzen Fichtelgebirge dar. Der Hauptaussichtspunkt ist die erhabenste der hier stehenden Felspartieen, das schon oben erwähnte beiläufig 25' hohe und leicht besteigliche Backöflein... 1/4 2 verliessen wir das Backöflein, sahen auf dem Wege zum Nusshart, links, die Weissen Felsen, kamen durch einen Sattel zwischen dem Schneeberg und Nusshart, Nussergestätt oder Nusshartkohlenstätte genannt und langten 3/4 2 an der merkwürdigen Felsenparthie des Nussharts an, wo wir uns bis um 2 Uhr aufhielten."[34] J.v. Pläncker bezeichnet also jetzt den Aussichtsfelsen als Backöflein. Ob ihm das sein ortskundiger Führer sagte, oder ob er es von sich aus tat, ist aus seinen Ausführungen nicht zu entnehmen.

33 Rudolf Thiem, Verschwundene Dörfer und Besiedlung im westlichen Fichtelgebirge, Vordorfermühle 2002.
34 J.v. Pläncker, „Piniferus", Taschenbuch für Reisende in das Fichtelgebirge, 1839.

Name und Höhe des Schneebergs

Der Schneeberg hat seinen Namen vom Schnee, das ist nicht zu bezweifeln. In den höheren Lagen des Schneebergs fällt der Schnee meistens am frühesten und bleibt am längsten liegen. Es kommt oft vor, dass der Schneeberg schon eine weiße Kappe trägt, während die anderen Berge noch schneefrei und grün sind.

Es gibt auf der ganzen Welt Berge, die Schneeberg genannt werden. In allen Fällen leitet man ihren Namen vom Schnee ab. Folgende Beispiele sind zu nennen: Schneeberg heißt ein Bergstock in Niederösterreich mit dem 2075 m hohen Gipfel namens „Klosterwappen". - Im „Handbuch der geographischen Namen" von Dietmar Urmes sind aufgeführt: Chimborazo, „Schneeberg", nennen die Indios den trotz seiner tropischen Lage ganzjährig schneebedeckten, 6267 m hohen Andengipfel in Zentralecuador. Hermon, „Schneeberg", ist der Name eines 2814 m hohen Berges im südlichen Antilibanon; die Araber nennen ihn wegen seines verschneiten Gipfels auch „Berg des Greises". Illimani, „Schneeberg", wird ein Andengipfel südlich der bolivianischen Hauptstadt La Paz genannt; die Schneegrenze des 6882 m hohen Berges liegt bei etwa 4500 m, und Gletscher treten an seiner Nordseite ab 5000 m Höhe auf, so dass er seinen Namen in der Tat verdient. - In „Westermanns Internationaler Atlas" sind in den USA drei Berge namens „Schneeberg" genannt mit Höhen von 1188 m, 2151 m und 2165 m.

Es wurde auch geschrieben, dass der Name unseres Schneebergs nicht vom Schnee abgeleitet ist, sondern vom niederdeutschen „snede"= Schneise oder Grenze, weil über den Schneeberg früher die Grenze zwischen dem ostfränkischen Radenzgau und dem imaginären historischen Egerland verlaufen sein soll.[35] Diese Deutung ist falsch, denn eine derartige Grenze hat es nie gegeben.[36] Außerdem ist die sprachliche Auslegung fraglich.

Man war lange Zeit der Meinung, dass der Ochsenkopf höher als der Schneeberg ist. Das ist verständlich, denn der etwas isoliert stehende Ochsenkopf wirkt tatsächlich höher. Um 1785/86 führte der Wunsiedler Hofrat und spätere Justizdirektor Joh. Gg. Florentin Klinger mit einem Quecksilberbarometer auf dem Schneeberg und dem Ochsenkopf Höhenmessungen durch. Er stellte dabei fest, dass der Schneeberg

35 Guttenberg, Frh.v., Die Ostfränkische Radenzgaugrenze im Fichtelgebirge, in: Der Siebenstern 1927, S. 78.
36 Rudolf Thiem, Die Andechs-Meranier im Fichtelgebirge und die Theorie vom historischen Egerland, in: Siebenstern 2000, S. 8 ff.

höher als der Ochsenkopf ist, was aber zunächst bezweifelt wurde. Spätere Messungen um 1810/14 bestätigten jedoch die Feststellungen Klingers. Genaue Messungen ergaben dann, dass der Schneeberg mit 1051 m Höhe um 27 m höher ist als der Ochsenkopf mit 1024 m Höhe. Wanderkarten enthalten für den Schneeberg verschiedene Höhenangaben, und zwar 1051 m, 1052,8 m und 1053 m. In der Topographischen Karte 1:25000, Blatt 5937 Fichtelberg, Ausgabe 1997, herausgegeben vom Bayer. Landesvermessungsamt München, ist der Schneeberg mit 1051 m Höhe über NN angegeben.

Schneeberg und Ochsenkopf. Zeichnung von Fritz Bamberger. Aus: Die Pfingstreise von 1793 durch die Fränkische Schweiz, den Frankenwald und das Fichtelgebirge - Ludwig Tieck, Wilhelm Heinrich Wackenroder, bearbeitet von Christoph Schaller, Bayreuth.
In dem Bild, das wahrscheinlich vom Bernecker Raum aus gezeichnet wurde, ist der Ochsenkopf rechts entsprechend der damaligen Auffassung deutlich höher dargestellt.

Besteigungsanlagen und Schutzhütten auf dem Schneeberggipfel

In der Zeichnung vom Schneeberggipfel, die sich in dem Buch von Johann Christoph Pachelbel (1716) befindet, sind auf dem Aussichtsfelsen drei Männer abgebildet. Andreas Sommerer (1833) schreibt, dass man den Aussichtsfelsen „am südlichen Ende auf natürlichen Staffeln ziemlich bequem besteigen“ konnte. Auch J.v.Plänckner (1839) schreibt von dem leicht besteiglichen „Backöflein“.

Den ersten Hinweis auf eine Besteigungsanlage liefert uns eine Zeichnung, die einige Jahre vor 1879 gefertigt wurde, in der auf dem Aussichtsfelsen, der in der Zeichnung höher erscheint als er in Wirklichkeit ist, ein Schutzgeländer zu sehen ist (Abb. rechts oben). Auf einer undatierten Zeichnung bzw. Lithographie ist zu sehen, dass jetzt der Aussichtsfelsen etwas bequemer auf einer Leiter bestiegen werden konnte. Die auf der Plattform innerhalb des Schutzgeländers aufgestellte Stange mit dem dreieckigen Zeichen diente wahrscheinlich Vermessungszwecken (Abb. rechts unten).

Das wahrscheinlich älteste Foto von einer Besteigungsanlage auf dem Schneeberg ist im Weißenstädter Heimatbuch auf Seite 167 mit folgender Bildunterschrift abgebildet: Schneeberggipfel mit „Backöfele“, 1866/71 - Foto: Staatsbibliothek Bamberg (Abb. S. 42). Fast identisch mit diesem Foto ist eine in der Bibliothek des Fichtelgebirgsmuseums Wunsiedel unter der Signatur 1184 archivierte Lithographie, die um 1880 datiert ist (Abb. S. 43). Welche Zeitangabe richtig ist, lässt sich nicht sicher feststellen. Sicher ist allerdings, dass der Aussichtsfelsen anfangs von Süden her bestiegen wurde.

Am 17.3.1878 wurde die Alpenvereinssektion Fichtelgebirg gegründet. Paragraph 1 ihrer Statuten lautete: „Zweck des Vereins ist, im Anschluss an den Deutsch-Österreichischen Alpenverein die Kenntnis der Alpen und speziell auch des Fichtelgebirges zu verbreitern und zu erweitern und deren Bereisung zu erleichtern.“ Die Frage, ob die Bildung eines Vereins rein lokaler Eigenschaft und Zweckbestimmung nicht ratsamer sei, wurde damals zwar erörtert, aber mit der Begründung einstimmig verneint, dass man nur im engen Anschluss an den großen Deutsch-Österreichischen Alpenverein seine Mitglieder auf die Dauer geistig anregen, befriedigen und zusammenhalten könne. Aus den Akten der Alpenvereinssektion ist ersichtlich, dass sich deren Tätigkeit für den

Zeichnung vom Schneeberg-Aussichtsfelsen, auf dessen oberer Plattform ein einfaches Schutzgeländer zu sehen ist. Gefertigt wurde die Zeichnung wahrscheinlich einige Jahre vor 1879. Aus: Dr. C.W. Gümbel, Geognostische Beschreibung des Fichtelgebirges mit dem Frankenwalde und dem westlichen Vorlande, Gotha 1879.

Lithographie von der Besteigungsanlage auf dem Schneeberggipfel, vor 1879. Das Zeichen oben innerhalb des Schutzgeländers diente wahrscheinlich Vermessungszwecken. Bild: Dietmar Herrmann

Das wahrscheinlich älteste Foto von einer Besteigungsanlage auf dem Schneeberg ist im Weißenstädter Heimatbuch, verfasst von Georg Krauß, auf Seite 167 mit folgender Bildunterschrift abgebildet: Schneeberggipfel mit „Backöfele“, 1866/71, Foto: Staatsbibliothek Bamberg.

Lithographie von der Besteigungsanlage auf dem Schneeberggipfel, vor 1879.
Archivalische Quelle: Fichtelgebirgsmuseum Wunsiedel, Signatur 1184.

alpinen Zweck in der Abführung der Mitgliedsbeiträge nach München erschöpfte. Vielmehr hatten es sich die Mitglieder der Sektion zum Ziel gesetzt, das Fichtelgebirge für den Wanderfreund und Heimatliebhaber zu erschließen, denn nur wenige Wege führten auf die Höhen des Gebirges, und zum Durchwandern der Wälder waren „kundige Leute“ als Führer notwendig.

In der Versammlung der Alpenvereinssektion am 30.6.1878 wurde beschlossen, von den 1878 angesammelten Geldmitteln 140 Mark zur Herstellung eines Gangsteiges (=Wanderweg) zum Rudolfstein über den Schneeberg, Backöfele, Nußhardt, Seehaus, Platte nach Silberhaus und zur Anbringung von Wegweisern aus Blech zu verwenden. Außerdem waren am Weißmainfelsen Treppen und Geländer anzubringen und von Karches zur Weißmainquelle sollte ein Steig angelegt werden. Die Ausführung wurde von folgenden Mitgliedern übernommen: Ofö.

(=Oberförster) Krodel (Vordorf), Ofö. Häffner (Weißenstadt), Ofö. Häffner (Furthamner), die Ofö. Rennebaum und Felser (Fichtelberg), Ofö. Hartung (Bischofsgrün). Vielleicht wurde 1878 auch schon das Geländer auf der nordwestlichen Seite des Aussichtsfelsens auf dem Schneeberg angebracht.

Im Jahr 1879 ließ die Alpenvereinssektion Fichtelgebirg eine steinerne Schutzhütte auf dem Schneeberggipfel errichten. Die Wunsiedler Zeitung „Der Bote aus den sechs Ämtern" berichtete in seiner Ausgabe vom 16. Juli 1879 über die Einweihungsfeier der Schutzhütte wie folgt: „Wunsiedel, den 14. Juli. Die Eröffnung der neuerbauten Touristenschutzhütte auf dem Schneeberg hat gestern, vom prächtigsten Wetter begünstigt, stattgefunden. Als Mittags nach 1 Uhr die Vorstandschaft der Sektion Fichtelgebirge des deutschen und österreichischen Alpenvereins vom Rudolfstein her den Schneeberg anstieg, verkündeten schon von Ferne dröhnende Böllerschüsse und, näherkommend, verhallende Musiktöne, dass oben bereits zahlreiche Festteilnehmer versammelt sein mussten, während von den Thälern her immer neue Gesellschaften heraufstiegen. Bald leuchtete vom Gipfel her das helle Dach der Schutzhütte und Musik nebst Böllersalven boten den Willkomm. Die Hütte ist in der nordwestlichen Verlängerung des Backöfelefelsens, von diesem nur durch einen geringen Zwischenraum, welcher später noch durch Rohmauerwerk ausgefüllt werden wird, getrennt, massiv aus Bruchsteinen ohne Mörtel, nur mit Moos als Zwischenlage, in etwa 3 Wochen unter Leitung des Hrn. Kleemann von Weißenstadt erbaut, misst 6 m in der Länge, 5 m in der Breite, beiläufig 4 $^{1}/_{2}$ m in der Höhe und bietet im Nothfall Stehraum für 40 Personen. Wenn auch scheinbar hochstehend, verdeckt doch die Hütte von der Aussicht auf dem Bachöfelefelsen nichts weiter als die Felsplatte, auf der sie steht und die nächsten Baumwipfel des Schneebergplateaus.

Dieselbe ist mit zwei, vorläufig nur durch Läden verschlossenen Fensteröffnungen versehen, von welchen namentlich die auf der Giebelseite nach Nordwesten einen herrlichen Ausblick bietet. Die Hütte bleibt, um deren jederzeitige Benützung zu ermöglichen, unverschlossen und kann somit in derselben jedermann gegen Wind und Regen Zuflucht finden. Zur wohnlicheren Einrichtung sind allerdings in diesem Jahre die Mittel nicht vorhanden. Auf dem durch das Backöfele und die Schutzhütte gegen den Wind geschützten freien Platze auf der Ostseite des Felsens hatte sich zeitig ein reges Leben entwickelt. Nach beiläufiger Zählung waren 140-150 Menschen, darunter auch zahlreiche Damen, versammelt und hatten theils auf den aufgeschlagenen Bänken, theils in der Hütte selbst, theils auf den Felsen sich etablirt. Für leibliche Genüsse war ausreichend und gut gesorgt. Musik und Sänger von Weißenstadt taten ihr bestes, um die Stimmung der Gesellschaft zu heben.

Nach vorgenommener Besichtigung der Hütte erhob sich Herr Forstmeister Kadner und legte in warmen Worten den Zweck und die Bedeutung des Baues dar, hob die erfreulichen bisherigen Erfolge des Wirkens der jungen Alpenvereinssektion Fichtelgebirg hervor, erklärte die ‚Schneeberghütte' als dem Touristenverkehr eröffnet und schloss mit einem Hoch auf die Sektion. Ihm folgte bald Herr Apotheker Heberlein von Weißenstadt, der mit beredten Worten den Dank der Sektion, namentlich der Mitglieder von Weißenstadt, Herrn Forstmeister Kadner für dessen erfolgreiche Bestrebungen zur Erschließung des Fichtelgebirgs aussprach und auch ihm ein jubelnd aufgenommenes Hoch brachte. Herr Forstmeister Kadner erwiderte mit einem Dank und Hoch für die Mitglieder Weißenstadts, welche mit vieler Aufopferung den Bau und das Arrangement des Festes durchgeführt hatten." Soweit der Zeitungsbericht. In der „Geschichte des Fichtelgebirgsvereins", verfasst von Justizrat Gustav Schmidt aus Selb, ist zu lesen, dass die alte steinerne Unterkunftshütte auf dem Schneeberg 1892, 1903, 1904 und 1906 ausgebessert und schließlich abgebrochen wurde.

Die Besteigungsanlage auf dem Schneeberggipfel mit der im Jahr 1879 errichteten steinernen Schutzhütte von Südwesten. Bild: Dietmar Herrmann

Aus Rechnungen der Alpenvereinssektion aus dem Jahr 1879 ist zu entnehmen, dass an Michael Rothenberger aus Vordorf 46 Mark 98 Pfennige für Zimmermannsarbeiten an der Schneeberghütte und an Herrn Kleemann von Weißenstadt 150 Mark für den Bau der Schneeberghütte gezahlt wurden. Oberförster Krodel aus Vordorf bekam 8 Mark 10 Pfennige „für Wegweiser auf dem Schneeberg". Im Jahr 1880 erfolgten Restarbeiten am Touristenhaus auf dem „Backöflein" und an den Zugängen. In der „Fortsetzung der Geschichte des Fichtelgebirgsvereins e.V. mit Nachträgen zum 1. Teil" von Justizrat Gustav Schmidt, Selb, heißt es auf Seite 45: „Das Jahr 1880 bringt die ... Fertigstellung der Schutzhütte auf dem Schneeberg (Treppe und Plattform auf dem Backöfele sind auf Kosten des Forstärars hergestellt) ..." Im Jahr 1881 weisen die Rechnungen der Alpenvereinssektion folgende Ausgaben für den Bereich Schneeberg aus: Reparatur des Gangsteiges vom Rudolfstein zum Backöfelein 20 Mark und für zwei Wegweiser auf dem Schneeberg 1 Mark 45 Pfennige.

Aber schon bald kamen bei vielen Mitgliedern der Sektion erhebliche Zweifel auf, warum man den fernen Alpen die gesammelten Mittel zuwenden solle, während die Schönheiten der engeren Heimat nur zum geringen Teil erschlossen und ein Fremdenverkehr so gut wie nicht vorhanden war. Diese Klagen kamen auch in der Folgezeit nicht zum Schweigen und veranlassten viele Mitglieder zum Austritt. Als man sich schließlich 1888 in Bayreuth anschickte, eine eigene Alpenvereinssektion zu gründen, wodurch der bisherigen Sektion Fichtelgebirg noch eine weitere Anzahl von Mitgliedern verloren gehen musste, unternahm die Vorstandschaft in Wunsiedel den entscheidenden Schritt und berief auf den 16. Dezember 1888 zu einer Generalversammlung in den Räumen der „Harmonie-Gesellschaft" in Wunsiedel ein. Als Tagesordnung war angegeben: Auflösung der Alpenvereinssektion Fichtelgebirg beziehungsweise Umwandlung derselben in einen Fichtelgebirgsverein. In dieser Versammlung wurde dann beschlossen, dass die Alpenvereinssektion Fichtelgebirg aufgelöst wird und dass an deren Stelle ein Lokalverein, welcher den Namen „Fichtelgebirgsverein" führt, zu treten habe. Der Fichtelgebirgsverein wurde also am 16.12.1888 in Wunsiedel gegründet und ging aus der Alpenvereinssektion Fichtelgebirg hervor.[37] In Fortsetzung des Werkes der Sektion Fichtelgebirg wurden in

37 Hundert Jahre Fichtelgebirgsverein 1888-1988, herausgegeben vom Fichtelgebirgsverein e.V., 1988. - 100 Jahre Fichtelgebirgsverein Stammortsgruppe Wunsiedel 1888-1988, herausgegeben von der Ortsgruppe Wunsiedel des Fichtelgebirgsvereins e.V., 1988.

der Folgezeit vom Fichtelgebirgsverein alle bedeutenden Höhen des Gebirges zugänglich gemacht und durch Wanderwege miteinander verbunden. Auch in tiefer gelegenen Gebieten wurden Wanderwege angelegt. Die Markierung lag zwar noch in bescheidenen Anfängen, genügte aber den damaligen Ansprüchen.

Als Ersatz für die 1879 erbaute und nach 1906 abgebrochene steinerne Schutzhütte wurde auf dem Schneeberggipfel eine einfache Schutzhütte aus Holz gebaut (Abb. S. 48). Im Jahr 1922 wendete der Fichtelgebirgsverein 26 500 Papiermark (Inflation!) für eine Ausbesserung an. Das hierzu erforderliche Holz wurde vom Forstärar zur Verfügung gestellt. In „Kohler-Prells-Wanderbuch, 1914-1916“ ist dazu auf Seite 68 zu lesen: „Etwas sö vom Gipfel liegt eine kleine, dem Bedürfnis in keiner Weise entsprechende Unterstandshütte.“[38] Als 1926 der Aussichtsturm auf dem Gipfelfelsen gebaut wurde, übernachteten die Bauarbeiter in dieser Hütte. Wie lange sie stand, ist nicht bekannt, sicher aber bis zum Bau der Blockhütte (dritte Schutzhütte) nördlich vom Aussichtsfelsen durch den Fichtelgebirgsverein Weißenstadt.

Die steinerne Schutzhütte auf dem Schneeberggipfel vor ihrem Abbruch nach 1906 von Nordosten. Bild: Dietmar Herrmann

38 Wanderbuch durch das Fichtelgebirge und seine Nachbargebiete ..., bearbeitet von Gymnasiallehrer R. Prell, 1914-1916, Fichtelgebirgsverlag, Georg Kohler, Wunsiedel.

Die 1904 oder etwas später südöstlich vom Aussichtsfelsen erbaute (zweite) Schutzhütte aus Holz.
Bild: Bergwacht-Bereitschaft Weißenstadt

Bald nach Beendigung des Weltkrieges 1914-1918 erfreute sich auch im Fichtelgebirge das Wandern steigender Beliebtheit. Leider häuften sich auch die mutwilligen Beschädigungen von Wandereinrichtungen und die Verstöße gegen den Naturschutz. In der Hauptausschusssitzung des Fichtelgebirgsvereins am 2.7.1922 machte der 1. Vorsitzende Adam Wilhelm Herrmann den Vorschlag, ähnlich wie beim Alpenverein zur Verhütung von Auswüchsen in der Touristik, ferner zur Schonung der Anlagen und zum Waldschutz eine Bergwachtorganisation ins Leben zu rufen. Aufrufen in der neugegründeten Vereinszeitschrift „Das Fichtelgebirg“ folgend, fanden sich bereits im Oktober 1922 sechzehn FGV-Mitglieder in Wunsiedel zusammen, um die Aufgaben der zu schaffenden neuen Einrichtung festzulegen und die Durchführung zu planen. Auf einer Waldsteintagung wählte man wenig später den

Betriebsleiter Peter aus Schwarzenbach/Saale zum Führer der Gruppe. Er teilte das Fichtelgebirge in einzelne Arbeitsgebiete ein, stellte Dienstpläne für Sommer und Winter auf und hinterlegte an den wichtigsten Punkten Kontrollbücher, in die sich Streifendienst machende Bergwachtmänner einzutragen hatten. Schon damals erkannte man, dass sich die Tätigkeit der Bergwacht nicht nur auf den Schutz der Natur und der Wandereinrichtungen beschränken dürfe, sondern auch den auf den Bergen in Not geratenen Menschen zugute kommen müsse. In richtiger Wertung gemeinsamen Handelns fand die ursprünglich als Organ des Fichtelgebirgsvereins gedachte Fichtelgebirgswacht gleichzeitig Anschluss an die sich über das ganze Deutsche Reich erstreckende Deutsche Bergwacht. Nach Kriegsende 1945 musste der Deutsche Alpenverein, in den die Deutsche Bergwacht 1939 überführt worden war, im Zuge der durch die Besatzungsmacht verfügten Freiheitsbeschränkungen seine Tätigkeit einstellen. Durch eine Ermächtigung des Hauptquartiers der 3. Amerikanischen Armee vom 19.9.1945 wurde das Bayerische Rote Kreuz beauftragt, den alpinen Sanitäts- und Rettungsdienst aufzubauen, und zwar durch eine Sonderformation mit der Dienstbezeichnung „Bergwacht". Als man am 16.2.1946 die Bergwacht offiziell in das Bayerische Rote Kreuz eingliederte, wo sie noch heute ist, wurde auch die Durchführung des Naturschutzdienstes zugesichert.

Die Bergwacht im Fichtelgebirge, der jetzige „Abschnitt Fichtelgebirge", entwickelte sich seit 1922 zu einer beachtlichen Organisation. Es entstanden folgende Bereitschaften: Bayreuth, Hof, Rehau, Schönwald, Selb und Wunsiedel (1922); Marktredwitz und Weißenstadt (1923); Arzberg, Bad Berneck und Schwarzenbach/Saale (1924); Tröstau (1928), Oberkotzau (1946); Vordorf (1947, aufgelöst 1997); Kirchenlamitz (1948); Franken (1952, aufgelöst 1985); Fichtelberg-Neubau (1956); Bischofsgrün und Schwarzenbach/Wald (1963). Für den Schneeberg war von Anfang an und ist noch jetzt die Bergwacht-Bereitschaft Weißenstadt zuständig.

In der Hauptversammlung des Fichtelgebirgsvereins am 16.5.1926 in Berneck wurde auf Vorschlag der FGV-Ortsgruppe Weißenstadt beschlossen, auf dem Schneeberggipfel einen Aussichtsturm zu errichten. Im Jahresetat des Vereins wurden dafür 1000 Mark ausgewiesen. Der Bayreuther Architekt Hans C. Reissinger entwarf den Plan und übernahm auch die Bauleitung. Mit der Durchführung des Baues wurde die FGV-Ortsgruppe Weißenstadt betraut, die ihrerseits die gesamten Arbeiten der einheimischen Firma Weiß & Küspert übertrug.

Über die Bauarbeiten am Schneeberg-Aussichtsturm ist in der Weißenstadter Zeitung Nr. 92 vom Samstag, 7. August 1926, folgendes zu lesen: „... Vor einigen Tagen wurde mit den Arbeiten begonnen, die in 4-5 Wochen vollendet sein werden. Wer am gestrigen Donnerstag den Schneeberg besuchte, konnte Zeuge davon sein, welche außerordentlichen Schwierigkeiten sich dem Transport der schweren Bauhölzer aus Eichenholz von Weißenstadt bis zum Backöfele entgegenstellten. Fuhrpark und Gespanne wurden von den Fuhrwerksbesitzern Flach und Baumann dahier gestellt, die durch Ausführung des Holztransportes einen Beweis ihrer Leistungsfähigkeit erbrachten, der große Anerkennung verdient. Die Bewältigung des Reitschulwegs - bekannte Skiabfahrt - erforderte von den Zugtieren und Begleitern Anstrengung bis zur Erschöpfung. Selbst Gespanne vor einem Fahrzeug vermochten kaum schrittweise vorwärtszuklettern. Von Weißenstadt bis zu der Stelle, von welcher aus die Benützung eines Fuhrwerkes unmöglich wurde - ca. 300 Meter vom Gipfel entfernt -, benötigte die Kolonne 10 Stunden. Von dort ab mußten die Hölzer, von denen beispielsweise jede Ecksäule 9,2 Meter lang ist und 0,26 Meter im Quadrat mißt, also ca. 15-18 Zentner wiegt, auf einem schmalen, unwegsamen Pfad bis zur Baustelle geschleift werden. Eine nicht minder schwere Arbeit wird wohl das Aufstellen dieser gewaltigen Balken werden, zumal das Turmgerüst auf einen mehrere Meter hohen Felsensockel zu stehen kommt."

In der Ausgabe vom 17. August 1926 der Weißenstadter Zeitung konnte bereits über die Fertigstellung des Aussichtsturmes berichtet werden: „Weißblau weht die Fahne vom Flaggenmast auf dem Schneeberggipfel und kündet die Fertigstellung des vom Fichtelgebirgsverein errichteten Aussichtsturmes an. Der höchste Berg des Frankenlandes ist somit gekrönt, im wahren Sinne des Wortes gekrönt durch ein ganz eigenartiges Bauwerk, das in seiner wuchtigen, nach neuarchitektonischen Richtlinien geleiteten Ausführung, die Bewunderung eines jeden Besuchers auslösen wird. Herr Architekt Reissinger, Bayreuth, hat sich dadurch wiederum ein großes Verdienst um den F.G.V. und um unsere Heimat erworben. Anerkennung gebührt desgleichen der ausführenden Firma Weiß & Küspert, die den Bau in kürzester Zeit und in musterhafter Weise hergestellt hat. Die Aufstellung des Turmes, insbesondere der vier mächtigen Ecksäulen, war neben dem Transport des Baumaterials zum Backöfele mit großen Schwierigkeiten und Gefahren verbunden. Ohne Zwischenfall wurde der Turmbau, der sich nicht etwa mit früheren Holztürmen und Gerüsten vergleichen läßt, vollendet. Gute

Witterung hat die Arbeiten wenigstens in den ersten Tagen begünstigt und gefördert. Die Errichtung einer Aussichtsgelegenheit auf dem Schneeberg war schon lange ein dringendes Bedürfnis. Die Mehrzahl der Besucher ist nicht damit zufrieden, die Wildheit von Wald und Fels, den unberührten Charakter eines Berges allein zu bewundern, sondern verlangt einen Ausblick von der Höhe, der oft mehr als alles andere für den Aufstieg zu belohnen vermag. Bisher wandten viele Besucher vom Schneeberg enttäuscht den Rücken, da fast keine Aussichtsmöglichkeit gegeben war. Der Mangel ist nunmehr behoben und wer den Turm schon bestieg, war von dem prächtigen Rundblick bezaubert. Erstmals wurde der Turm am Freitagnachmittag von zwei jungen wagemutigen Damen aus Halle in einem unbewachten Augenblick auf einer schwankenden Leiter erklettert, was wohl aufwärts aber hernach nicht mehr zurück gelingen wollte. Das Gefühl, als Erste den Turm bestiegen zu haben, ließ es jedoch nicht schwerfallen, sich am Flaschenzug abseilen lassen zu müssen. Am Samstag, den 14. ds., veranstaltete die Baufirma eine kleine Hebefeier, in deren Mittelpunkt ein von Herrn Chr. Küspert verfaßter Hebespruch stand, der in poetischer Form all derer gedachte, die am Zustandekommen des Werkes ein Verdienst haben. Zum Schluß sei auch noch der Arbeiter gedacht, die während der Bauzeit ihr Quartier in der alten Schneeberghütte aufgeschlagen und die noch oft und lange sowohl an die schwierigen Arbeiten als auch an die kalten Nächte in der Bretterhütte zurückdenken werden. Während es unten im Tal ziemlich ruhig war, umheulte an mehreren Tagen heftiger Sturmwind den grauen Schneeberggipfel und peitschte Nebel und Wolkenfetzen den Arbeitern auf schwankendem Gerüst ins Gesicht. Auch von Gewitter- und Hagelstürmen überrascht, mußten sie des öfteren von der Arbeitsstätte flüchten ...“[39]

39 Abdruck in: Weißenstadter Hefte, Band 1, Juli 1986.

Die Besteigungsanlage auf dem Schneeberggipfel nach dem Abbruch der steinernen Schutzhütte.
Bild: Dietmar Herrmann

Bau des Schneeberg-Aussichtsturmes im August 1926. Folgende Personen konnte Frau Gertrud Hager, geb. Schill, Weißenstadt, die dieses und die folgenden Bilder auf d. S. 53, 54, 55 u. 57 zum Abdruck zur Verfügung stellte, noch identifizieren: 1 = Anton Hüttel; 2 = Christian Küspert; 3 = Anna Schill, Mutter von Gertrud Hager; 4 = Wilhelm Weiß, von der Firma Weiß & Küspert, Zimmerei u. Sägewerk, Weißenstadt; 5 = Hans Hüttel, Ruppertsgrün; 6 = Johann Stöhr; 7 = Hans Schill, Vater von Gertrud Hager; 8 = Gebhardt, Vorname nicht mehr bekannt; 9 = Ehefrau von Gebhardt, hat Essen getragen; 10 = Lisette Stöhr, Ehefrau von Johann Stöhr, hat Essen getragen. Alle vorstehend genannten Männer waren Arbeiter der Firma Weiß & Küspert. Abgebildet sind auch mit einige zufällig anwesende Wanderer.

Bau des Schneeberg-Aussichtsturmes im August 1926. Die drei Frauen rechts im Bild haben Essen auf den Schneeberg gebracht. Meistens waren es zwei, manchmal auch drei Frauen, die abwechselnd für die Bauarbeiter in so genannten Sachsenkörben das Essen auf den Schneeberg trugen. Für den Aufstieg von Weißenstadt aus brauchten sie ca. 2 1/2 Stunden und für den Heimweg ca. 2 Stunden. Größere Sachen, wie zum Beispiel Brotlaibe, nahm das Pferdefuhrwerk des Fuhrgeschäfts Flach mit, das Bauholz auf den Schneeberg fuhr. Am oberen Bildrand sieht man ein Stück vom Dach der zweiten, aus Holz erbauten Schneeberghütte.
Bild aus: Festschrift „50 Jahre Bergwacht-Bereitschaft Weißenstadt 1923-1973"

Bau des Schneeberg-Aussichtsturmes im August 1926. Der Transport der viele Zentner schweren Eichenbalken in dem unwegsamen Gelände war für die Bauarbeiter sehr anstrengend. Die Frau dahinter ist Anna Schill, die Mutter von Gertrud Hager, Weißenstadt. Rechts oben im Bild sieht man ein Stück von der zweiten Schneeberghütte.

Bau des Schneeberg-Aussichtsturmes im August 1926.

Am Sonntag, dem 29. August 1926, erfolgte die feierliche Einweihung des 14 Meter hohen Aussichtsturmes. Bis um die Mittagsstunde hatten sich auf dem Schneeberggipfel etwa 1000-1200 Menschen versammelt, die an diesem einmaligen Ereignis teilnehmen wollten. Ein Trompetensignal verkündete um 12 Uhr den Beginn der offiziellen Feier. Der Gesangverein „Liederkranz Weißenstadt“ unter der Leitung von Rektor Schmidt eröffnete mit einem Lied den Festakt. Herta Raithel, Tochter des Fabrikbesitzers Raithel von Weißenstadt, trug den von Studienrat Dr. Stössel, Hof, verfassten Prolog vor. Im Namen der Fichtelgebirgsvereins-Ortsgruppe Weißenstadt, die sowohl die Ausführung des Turmbaues als auch die Organisation der Einweihungsfeier übernommen hatte, begrüßte Vereinsvorstand Oberinspektor Schuster die zahlreichen Festgäste. Anschließend hielt der 1. Vorsitzende des Fichtelgebirgsvereins, Hauptlehrer Herrmann aus Wunsiedel, die offizielle Fest- und Weiherede. Er sagte unter anderem, dass sich das von dem Bayreuther Architekten Reissinger entworfene und nunmehr fertige Bauwerk würdig in alle Anlagen des Fichtelgebirgsvereins einreihe. Auf den Bau des Turmes eingehend, sprach er den Vorständen

Bau des Schneeberg-Aussichtsturmes im August 1926.

Schuster, Will, Raithel und Schwenk der Ortsgruppe Weißenstadt des Fichtelgebirgsvereins, der wackeren Arbeiterschar, die über 8 Tage den Unbilden der Witterung trotzte und die Schwierigkeiten beim Bau überwinden half, und der Baufirma Weiß & Küspert aus Weißenstadt, die mit dem Bau einen überzeugenden Beweis ihrer Leistungsfähigkeit lieferte, den herzlichen Dank der Hauptvorstandschaft des Fichtelgebirgsvereins aus. Er schloss seine eindrucksvollen Ausführungen mit den Worten: „Und du, Ortsgruppe Weißenstadt des Fichtelgebirgsvereins, in deren Bereich der neue Turm hineingestellt ist, du sollst Hüter und Schirmer dieser Warte sein und bleiben. Ich übergebe hiermit der Ortsgruppe Weißenstadt den Turm.“ Dem offiziellen Teil der Feier folgten einige gemütliche Stunden zwanglosen Zusammenseins, begünstigt durch den Sonnenschein von einem wolkenlosen Himmel. Man hatte auch trefflich für das leibliche Wohl gesorgt. Die Brauerei Michael in Weißenstadt hatte ein vorzügliches Bier gebraut, dem fleißig zugesprochen wurde. Auch die beliebten Rostbratwürste fehlten nicht. Für angenehme Abwechslung sorgte der Gesangverein Weißenstadt mit seinen stimmungsvollen Darbietungen, von denen das Fichtelgebirgslied besonders hervorzuheben ist. Dazwischen besah und bestieg man den Turm, um von dieser hohen Warte aus eine Aussicht zu genießen, wie man sie vorher vom Aussichtsfelsen aus nicht hatte.[40] In der „Geschichte des Fichtelgebirgsvereins e.V.“, verfasst von Justizrat Gustav Schmidt aus Selb, ist zu lesen, dass der Bauaufwand für den Aussichtsturm 2800 Mark betrug.

Wie schon ausgeführt, entsprach die um 1906 aus Holz erbaute zweite Schutzhütte auf dem Schneeberggipfel nicht den Bedürfnissen. Es wurde deshalb der Bau einer neuen Hütte erforderlich, die größer und massiver gebaut war. Lesen wir, was Justizrat Gustav Schmidt in der „Geschichte des Fichtelgebirgsvereins“ auf Seite 138 dazu schreibt: „Als dann der FGV wieder aufgeblüht war, hat er auf Vorschlag der Ortsgruppe Weißenstadt sich tatkräftig um den Schneeberggipfel angenommen. Schon auf der Hauptversammlung in Hof von 1925 stellte Weißenstadt den Antrag auf Erbauung einer massiven Hütte. Der Antrag wurde der Ausschußsitzung von Waldsassen vom Oktober 1925 überwiesen, die über alle Bauprojekte zu entscheiden hatte. Hier wurde wie bekannt, die Kösseinewasserleitung und das Ochsenkopfhaus in den

40 Einweihung des Aussichtsturmes auf dem Schneeberg am 29. August 1926, in: Das Fichtelgebirg, S. 118 ff; dort ist die Rede des 1. Vorsitzenden des Fichtelgebirgsvereins, Hauptlehrer Herrmann, wörtlich abgedruckt. - Weißenstadter Zeitung vom Dienstag, 31. August 1926.

Bau des Schneeberg-Aussichtsturmes im August 1926.

Vordergrund gestellt. Immerhin gelang es der Ortsgruppe Weißenstadt, mit ihrem Vorhaben an die dritte Stelle zu kommen. Es wurde im Stillen weitergearbeitet, und auf der Herbsttagung in Arzberg von 1927 wurde die erste Baurate mit 2000 Mark genehmigt. Die weitere Versammlung in Marktredwitz vom Juni 1929 brachte die Mitteilung, daß der Bau vollkommen fertig sei und einen Aufwand von insgesamt 4800 Mark verursacht habe. Der Rest wurde anstandslos genehmigt. Die Hütte bildet eine Zierde des Schneeberggipfels und ist eine willkommene Ruhestätte

Einweihung des Schneeberg-Aussichtsturmes am 29. August 1926.
Bild: Bergwacht-Bereitschaft Weißenstadt

Einweihung des Schneeberg-Aussichtsturmes am 29. August 1926. Bild aus: Der Siebenstern 1977, S. 14. Dort heißt es dazu: Wanderfreund Hans König, Obmann der Ortsgruppe Nagel, übersandte uns die abgebildete Originalaufnahme vom Tag der Turmweihe am 29. 8. 1926.

für den Wanderer. Sie bietet auch Raum für unsere BW., die hier oben einen Sanitätsposten eingerichtet hat."

Die in Blockbauweise errichtete Hütte hatte zwei Innenräume. Der Schutzraum vorne war frei zugänglich und unverschlossen. Der verschließbare Raum dahinter, in dem sich eine Feuerstelle befand, diente der Bergwacht-Bereitschaft Weißenstadt als Stützpunkt. Als 1938 der so genannte Wehrmachtsturm erbaut und von Soldaten der Deutschen

Luftwaffe, die in Holzbaracken untergebracht waren, für militärische Zwecke genutzt wurde, blieb die Hütte wie auch der Aussichtsturm frei zugänglich. Es gab keinen eingezäunten militärischen Sicherheitsbereich. So blieb es auch während des Zweiten Weltkrieges, als 1942 der Wehrmachtsturm abbrannte und dafür ein anderer Holzturm und außerdem noch ein Metallturm errichtet wurden. Im Krieg, ungewiss ab wann, diente die Hütte Angehörigen des Schneeberg-Wachpersonals als Unterkunft. In dieser Zeit wurde vor dem Hütteneingang als Windschutz ein Vorhäuschen aus Brettern errichtet. Die Wachleute hielten sich einige Ziegen, die auf dem Schneeberggipfel frei herumliefen und sich dort ihr Futter suchten.

Der Bayreuther Architekt Hans C. Reissinger, geb. 10.4.1890, gest. 23.11.1972 in Bayreuth. Er entwarf den Schneeberg-Aussichtsturm und übte die Bauaufsicht aus. Bild: Dr. Elisabeth Reissinger

Die Schutzhütte (Blockhütte) auf dem Schneeberggipfel vor 1938 im Winter. Sie wurde um 1928 erbaut und 1996 im Zuge der Renaturierung der dem Landkreis Wunsiedel gehörigen Teilfläche des Schneeberg-Gipfelbereiches abgebrochen.

Winterbild vom Schneeberg-Aussichtsturm, vielleicht 1926/27. Bild: Dr. Elisabeth Reissinger

Die Nordostseite der um 1928 erbauten Schneeberg-Schutzhütte und der 1926 errichtete Aussichtsturm vor 1938 im Sommer.

Die alte Schneeberghütte im Winter 1944 mit dem Vorhäuschen aus Brettern vor dem Eingang. Bild: Adolf Schmidt

Vor der alten Schneeberghütte mit dem angebauten Vorhäuschen im Winter 1944. Personen v.re: Hans Schmidt, Weißenstadt, gehörte zum Schneeberg-Wachpersonal; ein zufällig anwesender Skifahrer; Angehöriger des Wachpersonals. Bild: Adolf Schmidt

Die alte Schneeberghütte im Winter 1944, in der Angehörige des Schneeberg-Wachpersonals wohnten und schliefen. Personen von re: Hans Schmidt, Weißenstadt; die zufällig anwesende Anni Bauernfeind, später verh. Kolb, Rehau; Wachmann. Das Wachpersonal hielt sich im Sommer Ziegen, die frei auf dem Schneeberggipfel herumliefen und ihr Futter suchten. Bild: Adolf Schmidt

Wie nicht anders zu erwarten, befand sich die Hütte nach Kriegsende in einem schlechten Zustand. Im Tätigkeitsbericht des stellvertretenden Vorsitzenden in der Hauptversammlung des Fichtelgebirgsvereins am 11./12.12.1948 in Wunsiedel heißt es dazu: „Auf dem Gipfel des Schneebergs wurden dem einst berühmten Naturschutzgebiet tiefe Wunden geschlagen. Sprengungen und Plünderungen schufen aus den einstigen Wehrmachtsanlagen wüste Trümmerhaufen. Auch die Bergwachthütte wurde zerstört. Der große eiserne Turm, der sich zu einem Aussichtsturm hätte umbauen lassen, wurde von Wüstlingen umgelegt. Der FGV. will wieder Ordnung schaffen, soll aber für die Trümmer noch Zahlung leisten.“[41] Die Hütte bestand im wesentlichen nur noch aus den Außenwänden und dem Dach. Auch das aus Brettern bestehende Vorhäuschen war abgebrochen und wahrscheinlich verfeuert worden. Von der Inneneinrichtung war nichts mehr vorhanden. Der Fichtelgebirgsverein und die Bergwacht Weißenstadt ließen sich

41 Mitteilungsblatt des Fichtelgebirgsvereins e.V., Mai 1949, Nr. 1, S. 7. (Der Siebenstern erschien erst wieder als Nr. 3 im September 1949.)

aber nicht abschrecken und setzten die Hütte 1949 in vielen freiwilligen Arbeitsstunden mit ziemlichem Kostenaufwand wieder instand. Der stellvertretende Vorsitzende des Fichtelgebirgsvereins, Heinrich Hunger, schrieb am 13. November 1950 in einem Brief an das Präsidium der Bergwacht des Deutschen Roten Kreuzes in München folgendes: „Die Unterstands- und Bergwachthütte am Gipfel des Schneebergs, der höchsten Erhebung des Fichtelgebirges, ist eine der ältesten Unterkunfts- und Bergwachthütten im Fichtelgebirge. Sie hat sich als Stützpunkt der Bergwacht seit Jahrzehnten für die Wintersporttätigkeit im Zentralstock des Fichtelgebirges als unerlässlich erwiesen. Dies war vor allem auch der Grund, weswegen die Hütte im Vorjahr, nachdem sie durch Kriegsbeschuss vollständig zerstört war, mit beinahe 5000,- DM Kosten wieder aufgebaut und eingerichtet wurde ...“[42] Im Bericht über die Hauptversammlung des Fichtelgebirgsvereins in Schönwald am 26. und 27. Mai 1951 heißt es dazu: „Schneebergturm und Hütte wurden 1949 mit großen Kosten und unsäglicher Kleinarbeit von der Ortsgruppe Weißenstadt instandgesetzt. Leider sind die Anlagen seit August 1950 von der Besatzungsmacht beschlagnahmt und das ganze Gebiet mit einem Stacheldrahtzaun abgesperrt.“[43]

Zu Pfingsten 1950 wurde die alte Schneeberghütte wieder eingeweiht. Aber schon am 8. August 1950 wurde die Hütte von der amerikanischen Besatzungsmacht beschlagnahmt, weil sie im militärischen Sperrgebiet lag. Mehrmalige Bemühungen, die Beschlagnahmung rückgängig zu machen, waren erfolglos. Über 40 Jahre blieb die Hütte für die Öffentlichkeit unzugänglich. Am 30.4.1992 verließen die US-Streitkräfte den Schneeberggipfel und das US-Sperrgebiet wurde deutschen Stellen zur Verwaltung übergeben. Am 31.3.1993 stellte auch die Bundeswehr ihren militärischen Aufklärungsbetrieb auf dem Schneeberg ein. Auf Betreiben von Landrat Dr. Peter Seißer kaufte der Landkreis Wunsiedel am 29.12.1995 den ca. 6500 qm großen nördlichen Bereich des bisherigen amerikanischen Sperrgebietes mit der darin befindlichen alten Hütte und dem Schneeberg-Aussichtsturm. Im Zuge der Renaturierung dieser Teilfläche des Schneeberggipfels wurde die alte Schneeberg-Schutzhütte im Sommer 1996 abgebrochen.

42 Akt „Hütte“ der Bergwacht-Bereitschaft Weißenstadt, auf Veranlassung von Herrn Erich Vetter zur Einsichtnahme zur Verfügung gestellt von Herrn Gerhard Dittmar, Bereitschaftsleiter der Bergwacht Weißenstadt.

43 In: Der Siebenstern, Juli/August 1951, S. 53.

Am Schneeberg stürzten zwei Flugzeuge ab

Am 30. April 1935 war schlechtes Wetter. Der Gipfel des Schneebergs war in tiefhängende Wolken eingehüllt und bei Temperaturen um den Gefrierpunkt gingen immer wieder Regen- und Graupelschauer nieder. Vormittag hörten Kulturfrauen (Waldarbeiterinnen) aus Bischofsgrün, die am Abhang des Schneebergs arbeiteten, ein krachendes Geräusch. Am gleichen Tag war ein in Süddeutschland gestartetes und in Richtung Leipzig fliegendes Militärflugzeug am Zielort nicht angekommen. Als wahrscheinlich erst am 2. Mai 1935 die Nachricht von dem vermissten Flugzeug in Bischofsgrün bekannt wurde, deutete man die Wahrnehmung der Kulturfrauen richtig und schickte einen Suchtrupp zum Schneeberg. Der fand dort nur knapp unterhalb des Gipfels zwischen Granitfelsen und Bäumen die Trümmer eines Flugzeuges vom Typ Junkers 34. Alle sieben Flugzeuginsassen waren tot. Man brachte sie zunächst in den Turnsaal des Bischofsgrüner Schulhauses und fuhr sie dann weg. Die verstreuten Trümmer des Flugzeuges wurden zum Bischofsgrüner Bahnhof gebracht und abtransportiert.[44]

Bei dem Flugzeugabsturz an der Südwestseite des Schneeberggipfels fanden den Tod: Generalmajor Heinz Höring, geb. 29.3.1883; Frau Tony Höring, geb. Neuhaus, geb. 26.3.1897; Hanna Höring, geb. 22.11.1927; Oberleutnant Walter Braun, geb. 15.2.1908; Fluglehrer Hermann Sacht, geb. 2.2.1907; Flieger Franz Heinisch, geb. 26.6.1912; Flieger Otto Deichmann, geb. 18.8.1913. Bei der Absturzstelle wurde an einem Granitfelsen eine steinerne Gedenktafel mit den vorstehenden Namen angebracht, die sich noch jetzt dort befindet und an das Unglück erinnert.

Die Junkers 34 war ein Ganzmetall-Flugzeug von 18,48 m Spannweite und 10,27 m Länge. Angetrieben wurde sie von einem BMW-Sternmotor, der 660 PS leistete. Zugelassen waren die Flugzeuge dieses Typs für 2 Mann Besatzung (1 Flugzeugführer, 1 Funker) und 6 Fluggäste. Über die Ursache des Absturzes am Schneeberggipfel kann man nur Vermutungen anstellen. Es ist nicht recht zu glauben, dass der Pilot bei diesen schlechten Wetter- und Sichtverhältnissen über das Fichtelgebirge und noch dazu über dessen höchsten Berg fliegen wollte. Wahrscheinlich kam das Flugzeug durch starke Seitenwinde vom Kurs ab und prallte gegen den Schneeberggipfel. Dazu kommt noch, dass der

44 Auskunft von Herrn Helmut Heidenreich, Birnstengel-Bischofsgrün.

barometrische Höhenmesser, mit dem das Flugzeug wahrscheinlich ausgerüstet war, auch im Flug auf Luftdruckänderungen reagierte und so unzutreffende Höhenwerte anzeigen konnte.

Im Winter 1941 oder 1942 stürzte auf der Nordseite des Schneeberggipfels, etwas oberhalb des jetzigen Schneebergbrunnens, ein Militärflugzeug unbekannten Typs ab. Man fand später an der Absturzstelle nur noch ein paar Blechteile; das Flugzeug war schon weggeschafft worden. Es wird erzählt, dass den Flugzeuginsassen bei dem Absturz nichts passierte. Das klingt zwar unwahrscheinlich, könnte aber möglich sein, vor allem wenn es ein langsam fliegendes Flugzeug war. Der dichte Schneebehang auf den Bäumen, auf denen es vielleicht nur mit den Tragflächen und nicht mit dem Rumpf auftraf, und die hohe Schneelage unten können den Aufprall so gemildert haben, dass die Insassen mit dem Schrecken davonkamen.[45]

Ein solches Flugzeug vom Typ Junkers 34 stürzte am 30. April 1935 am Schneeberggipfel ab, wobei alle sieben Insassen den Tod fanden.

45 Auskunft von Herrn Erich Vetter, Weißenstadt, und Frau Anni Kolb, Rehau.

Auf der Gedenktafel, die an der Absturzstelle an einem Felsen angebracht wurde, sind die Namen der sieben zu lesen, die beim Absturz des Flugzeuges ums Leben kamen: Heinz Höring, Tony Höring, Hanna Höring, Walter Braun, Hermann Sacht, Franz Heinisch, Otto Deichmann.

Die militärische Nutzung des Schneeberggipfels von 1938 - 1945 durch die deutsche Luftwaffe

Im Jahr 1938 wurde auf dem Schneeberggipfel für militärische Zwecke ein 35 m hoher Holzturm errichtet, der allgemein Wehrmachtsturm genannt wurde. Gleichzeitig richteten sich Nachrichten-Soldaten der deutschen Luftwaffe auf dem Schneeberg ein, die in Holzbaracken untergebracht waren. Von Meierhof aus wurde eine elektrische Leitung zum Schneeberg gelegt, und zwar von Meierhof bis in die Rusel nordwestlich vom Ahorngarten als Freileitung und von dort aus weiter bis zum Schneeberggipfel verkabelt. Die Zufahrt zum Schneeberg, auch Luftwaffenstraße genannt, zweigte von der Waldstraße Bischofsgrün-Torfmoorhölle ab und ging weiter oben in fast südlicher Richtung, vorbei am heutigen Schneebergbrunnen, zum Gipfel hinauf, während die heutige asphaltierte Schneebergstraße südöstlich von der Hofer Schwimmvereinshütte von der alten Führung der Luftwaffenstraße abzweigt und in südwestlicher Richtung zum Gipfel geht. Der 1938 errichtete Holzturm brannte 1942 aus unbekannter Ursache ab. Es wurde wieder ein Holzturm gebaut, der aber nicht verschalt war. Oben auf der Plattform des Holzturms befand sich ein kleiner hüttenartiger Aufbau. Dazu wurde noch ein hohes Stahlgerüst errichtet, auf dessen breiter Plattform ca. 10 Stabantennen montiert waren. Ob diese Stabantennen reine Empfangsantennen waren, oder ob sie auch als Sendeantennen für Funkmessgeräte dienten, besser bekannt unter der englischen Bezeichnung Radar (=Abkürzung für engl.: Radio detecting an ranging), ist nicht bekannt. Funkmessgeräte wurden besonders in der Flugabwehr eingesetzt. Drehbare Parabol-Antennen gab es auf dem Schneeberg allem Anschein nach nicht. Trotz der Anwesenheit der Luftwaffensoldaten war der Backöfele-Aussichtsturm bis zum Kriegsende 1945 für jedermann frei zugänglich.

In der zweiten Aprilhälfte 1945 rückten amerikanische Truppen in das Fichtelgebirge ein. Es kam zu örtlichen Schießereien und Artilleriebeschuss. Größere Kämpfe fanden nicht statt. Beim Eintreffen der Amerikaner verließen die deutschen Luftwaffensoldaten den Schneeberg, ohne die dortigen Anlagen zu zerstören. Die amerikanische Militärverwaltung entließ fast alle deutschen Polizeibeamten und

Der 1938 erbaute und 1942 abgebrannte Wehrmachtsturm auf dem Schneeberg. Dieses Foto vom Wehrmachtsturm von Max Wirth ist im Siebenstern 1959 auf Seite 107 abgebildet.

Links hinter dem Schneeberg-Aussichtsturm ist der noch im Bau befindliche Wehrmachtsturm zu sehen, der 1942 abbrannte. Die Anwesenheit der Schulklasse auf dem Felsen zeigt, dass der Schneeberggipfel in dieser Zeit trotz militärischer Nutzung frei zugänglich war.

Links vom Schneeberg-Aussichtsturm ist der 1938 erbaute und 1942 abgebrannte Wehrmachtsturm zu sehen.

Blick vom Nußhardt auf den Schneeberg mit dem Wehrmachtsturm in der Zeit von 1938 bis ca. 1942.

Auf der Plattform des im Zweiten Weltkrieg auf dem Schneeberggipfel errichteten Holzturms befand sich ein hüttenartiger Aufbau. Bild: Adolf Schmidt

ersetzte sie durch oft zweifelhafte Elemente, was sich sehr nachteilig auf die öffentliche Sicherheit auswirkte. Auch die Forstaufsicht war durch die Entlassung vieler Förster praktisch lahmgelegt. Da das amerikanische Militär als wirksamster Sicherheitsfaktor sich um abseits im Wald gelegene Objekte militärischer Herkunft wenig kümmerte, war der Schneeberg praktisch schutzlos Plünderungen und auch Zerstörungen ausgesetzt. Schon im Sommer 1945 wurden die Holzbaracken, in denen die Luftwaffensoldaten untergebracht waren, abgebaut und zu Tal geschafft. Im Spätherbst 1945 standen auf dem Schneeberg nur noch der Holzturm und der Stahlturm. Der Holzturm wurde wahrscheinlich schon im Frühjahr 1946 umgelegt und zu Brennholz verarbeitet. Den Metallturm, der wesentlich höher als der Backöfele-Aussichtsturm war, wollte der Fichtelgebirgsverein später zu einem Aussichtsturm umbauen lassen. Da aber Stahl aller Art zu dieser Zeit vor der Währungsreform

Links im Bild ist der im Zweiten Weltkrieg auf dem Schneeberg errichtete Holzturm, auf dessen Plattform vorher ein hüttenartiger Aufbau war, dann aber Metallkästen standen, die vielleicht Antennen enthielten. Die leeren Metallkästen standen noch im Spätherbst 1945 auf der Plattform. Den Metallturm rechts, auf dem 10 Stabantennen zu sehen sind, wollte nach dem Krieg der Fichtelgebirgsverein zu einem Aussichtsturm umbauen.

eine kostbare Mangelware war, fanden sich auch andere Liebhaber dafür. Eines Tages war der viele Tonnen schwere Stahlturm plötzlich vom Schneeberggipfel verschwunden. Man hatte ihn in der Nacht zuvor fachgerecht abgebaut und zerlegt und auf der alten Luftwaffenstraße abtransportiert, was ohne Zweifel eine logistische Meisterleistung war. Wohin er kam und wer diese Aktion durchführte, wurde nie bekannt. Der Plan des Fichtelgebirgsvereins, auf dem Schneeberggipfel eine neue Aussichtsplattform zu schaffen, war damit hinfällig geworden. Um 1948 wurden die Betonfundamente der Holzbaracken und der Türme von Forstarbeitern abgetragen und eingeebnet, so dass nichts mehr von der Nutzung durch die deutsche Wehrmacht bzw. Luftwaffe übrig blieb.

Seit 14.06.1941 ist der Schneeberggipfel Naturschutzgebiet

In der Literatur[46] wird angegeben, dass der Schneeberggipfel 1928 unter Naturschutz gestellt wurde. Dabei handelte es sich offensichtlich um eine Schutzmaßnahme des Fichtelgebirgsvereins bzw. der Bergwacht ohne direkte gesetzliche Grundlage. Das Reichsnaturschutzgesetz wurde am 26.6.1935 erlassen.

Durch die folgende Verordnung des Regierungspräsidenten von Ansbach vom 22.5.1941 wurde der Schneeberggipfel ab 14.6.1941 zum Naturschutzgebiet im Sinne des Reichsnaturschutzgesetzes vom 26.6.1935 erklärt.

§ 1: Der rund 5,5 km nördlich von Fichtelberg liegende Schneeberggipfel in der Gemarkung Forstbezirk Weißenstadt südlich Bezirk Wunsiedel wird in dem in § 2 Abs. 1 näher bezeichneten Umfange mit dem Tage der Bekanntgabe dieser Verordnung in das Reichsnaturschutzbuch eingetragen und damit unter den Schutz des Reichsnaturschutzgesetzes gestellt.

§ 2: Das Schutzgebiet hat eine Größe von 40,1393 ha und umfaßt in der Gemarkung Forstbezirk Weißenstadt südlich die Distrikte 9 b (Backöflein) und 12 c (Brunftplatz).

---

46 Georg Krauß, Weißenstädter Heimatbuch, 1971. - Rainer H. Schmeissner, Der Schneeberg, Beiträge zur Geschichte und Landeskunde des Fichtelgebirges, Nr. 1, 1979.

§ 3: Im Bereich des Schutzgebietes ist verboten: a) Pflanzen zu beschädigen, auszureißen, auszugraben oder Teile davon abzupflücken, abzuschneiden oder abzureißen, b) freilebenden Tieren nachzustellen, sie mutwillig zu beunruhigen, zu ihrem Fang geeignete Vorrichtungen anzubringen, sie zu fangen oder zu töten, oder Puppen, Larven, Eier oder Nester und sonstige Brut- und Wohnstätten solcher Tiere fortzunehmen, unbeschadet der berechtigten Abwehrmaßnahmen gegen Kulturschädlinge und sonst lästige oder blutsaugende Insekten, c) Pflanzen oder Tiere einzubringen, d) eine andere als die nach § 4 Abs. 1 zugelassene wirtschaftliche Nutzung auszuüben, e) die Wege zu verlassen, mit Kraftfahrzeugen zu fahren, zu lagern, zu zelten, zu lärmen, Feuer anzumachen, Abfälle wegzuwerfen oder das Gelände auf andere Weise zu beeinträchtigen, f) Bodenbestandteile abzubauen, Sprengungen oder Grabungen vorzunehmen, Schutt oder Bodenbestandteile einzubringen, oder die Bodengestalt einschl. der natürlichen Wasserläufe oder Wasserflächen auf andere Weise zu verändern oder zu beschädigen, g) Bild- und Schrifttafeln anzubringen, soweit sie nicht auf den Schutz des Gebietes hinweisen, h) Gegenstände jeder Art feilzuhalten.

§ 4: Unberührt bleibt: a) die rechtmäßige Ausübung der Jagd, b) die ordnungsgemäße forstliche Bewirtschaftung und Nutzung.

Diese Verordnung wurde am 14.6.1941 bekannt gemacht.

Bau einer neuen Schutzhütte zwischen Schneeberg und Nußhardt im Jahr 1953

Wie schon ausgeführt, wurde die alte Schneeberghütte am 8.8.1950 von der amerikanischen Besatzungsmacht beschlagnahmt, weil sie im militärischen Sperrbereich lag. Im Bericht über die Hauptversammlung des Fichtelgebirgsvereins in Bischofsgrün am 7. und 8. Juni 1952 können wir folgendes lesen: „Am Schneeberg ist die Lage wegen der Beschlagnahme der Unterkunftshütte durch die Besatzungsmacht weiterhin unerquicklich. Sämtliche Anträge auf Entschädigung wurden durch die amerikanischen Dienststellen abgewiesen. Es läuft noch ein Gesuch an den Hohen Kommissar. Dankenswerter Weise hat das Forstamt Weißenstadt einen Platz für eine neue Unterkunftshütte angewiesen.“[47] Im Bericht über die Hauptversammlung des Fichtelgebirgsvereins in Schwarzenbach am 6. und 7. Juni 1953 heißt es dazu: „Auf dem Schneeberg, dessen Gipfel uns leider versperrt ist, schreitet der Bau einer Ersatzhütte durch die Ortsgruppe Weißenstadt munter fort.”[48]

Über den Hüttenbau schreibt Dieter Schmidt in der Festschrift „50 Jahre Bergwacht Weißenstadt 1923-1973“, die 1973 von der Bergwacht-Bereitschaft Weißenstadt herausgegeben wurde, auszugsweise folgendes: „Erneut mußte ein Anfang gemacht werden: zusammen mit dem FGV. Eine lange Zeit der Verhandlungen, des Briefeschreibens begann. Aber schließlich hatte man Erfolg. Nicht zuletzt durch die Unterstützung des Forstamtes, das auch den Baugrund zur Verfügung stellte, gelang es, eine neue Unterkunftshütte in der Waldabteilung ‚Weißer Fels‘ am ‚Mehlsack‘ an der Südseite des Schneeberges genehmigt zu bekommen. So ging man wieder ans Werk: H. Kraus erstellte einen Plan, die Industrie und der FGV unterstützten das Vorhaben und die Aktiven der BW begannen bei tiefstem Schnee am Galgenberg das Bauholz zu schlagen, das die Stadt kostenlos zur Verfügung stellte. Im Oktober 1952 beschaffte man sich im Wolfsbruch Granitblöcke für den Unterbau und transportierte alles hinauf zum Schneeberg. Im April 1953 begann der Grundaushub für die neue Hütte. So wurde schnell ein würdiger Ersatz für das Blockhaus am Gipfel geschaffen. Bald konnte man die Hütteneinweihung 1953 feiern. Der FGV übergab die Schlüssel ...“

47 In: Der Siebenstern, Juli/August 1952, S. 51.
48 In: Der Siebenstern, Juli/August 1953, S. 61.

In der von der Ortsgruppe Weißenstadt des Fichtelgebirgsvereins erstellten „Kostenabrechnung Neubau Schneeberghütte" vom 20.10.1953 werden 3710,20 DM Baukosten ausgewiesen. In der gleichen Kostenabrechnung werden für Sachspenden und freiwillige Arbeitsleistungen 8034,07 DM angesetzt, wovon 5200,– DM auf die Bergwacht Weißenstadt für 2600 geleistete Arbeitsstunden à 2,– DM entfallen.[49]

Die Einweihung der neuen Schutzhütte mit dem Bergwachtraum fand am Sonntag, dem 16. August 1953, statt. Der Obmann der FGV-Ortsgruppe Weißenstadt, Georg Schuster, begrüßte die Gäste aus nah und fern. Er gab einen kurzen Abriss der Vorgeschichte des Baues und dankte den zahlreichen Spendern und Mithelfern beim Hüttenbau. FGV-Hauptvorsitzender Roas überbrachte die Grüße der Hauptvorstandschaft und würdigte die Arbeit der Bergwacht. Weitere Grüße und Glückwünsche überbrachten der 2. Bürgermeister F. Dürrbeck für die Stadt Weißenstadt, Bergwacht-Bereitschaftsleiter Franz Heunisch von der Bergwacht Wunsiedel und Geschäftsführerin K. Deschner vom Kreisverband Wunsiedel des Bayerischen Roten Kreuzes. Der Leiter der Bergwacht-Bereitschaft Weißenstadt, Walter Ackermann, berichtete vom Bau der Hütte. Dabei erwähnte er besonders, dass das Baumaterial auf der letzten Strecke zur Baustelle größtenteils getragen werden musste.[50]

Lesen wir noch, was Dieter Schmidt in der Festschrift „50 Jahre Bergwacht Weißenstadt 1923 - 1973" weiter über die Hütte schreibt: „1962 baute man dann eine Holzlege an die Hütte, 1966 wurde der Holzfußboden durch eine Betondecke ersetzt. Man errichtete einen neuen Ofen. Ein zünftiges Hüttenfest bedeutete 1967 schließlich das Ende umfassender Renovierungsarbeiten an der Hütte. Im Jahr 1972 erneuerte man noch die Terrasse und gestaltete den Innenraum neu aus."

49 Wie Anmerkung 42.
50 Die neue Schneeberghütte, in: Der Siebenstern, September/Oktober 1953, S. 92 ff.

Einweihung der neuen Schneeberghütte zwischen Schneeberg und Nußhardt am 16. August 1953. Vorne stehend FGV-Hauptvorsitzender Bernhard Roas bei seiner Ansprache. Bild: Erich Vetter

Die neue Schneeberghütte am Wanderweg zwischen Schneeberg und Nußhardt mit Angehörigen der Bergwacht-Bereitschaft Weißenstadt. Bild: Erich Vetter

Angehörige der Bergwacht-Bereitschaft Weißenstadt, die in der neuen Schneeberghütte Dienst verrichteten. Vorne in der Mitte (mit dem karierten Hemd) sitzt Erich Vetter, der von November 1972 bis März 1993 Bereitschaftsleiter der Bergwacht Weißenstadt war. Bild: Erich Vetter

Die Nutzung des Schneeberggipfels durch das US-Militär und die Bundeswehr von 1950 - 1994

In einem Schreiben vom 21.2.1995 der Ortsverwaltung Bayreuth des Bundesvermögensamts Nürnberg an den Fichtelgebirgsverein heißt es: „Die US-Streitkräfte haben am 14. Nov. 1951 den Ihnen bekannten Teil des Schneeberges requiriert und dies mit einem sog. 6-GRE-Schein im Jahre 1955 nachträglich dokumentiert. Erst im April 1987 wurde die Nutzung des Areals nach Abs. 6 a des Unterzeichnungsprotokolls zu Art. 53 des Zusatzabkommen zum NATO-Truppenstatut durch den Abschluß einer Liegenschaftsüberlassungsvereinbarung legitimiert."[51] Tatsächlich wurde der Schneeberggipfel aber schon am 8. August 1950 beschlagnahmt. In einer Dienstanweisung der Bergwacht-Bereitschaft Weißenstadt des Bayer. Roten Kreuzes vom 18. Oktober 1950 heißt es dazu: „Am 8. August 1950 wurde durch die amerikanische Besatzungsmacht (Besatzungskostenamt Bayreuth) die Hütte des Fichtelgebirgsvereins (Diensthütte der Bergwacht-Bereitschaft Weißenstadt) beschlagnahmt... Durch die Beschlagnahme wurden sämtliche Rettungsgeräte und Möbel ins Tal geschafft..."[52] Anscheinend waren die Verhältnisse anfangs unklar.

Der Schneeberggipfel wurde weiträumig abgesperrt. An Bäumen waren in ziemlich regelmäßigen Abständen Verbotsschilder mit der Inschrift „Militärischer Sicherheitsbereich – Unbefugten Betreten verboten! Vorsicht Schußwaffengebrauch! Der Bundesminister der Verteidigung" angebracht. Der innere Bereich des Schneeberggipfels war mit einem Stacheldrahtzaun umgeben. Der normalerweise zum bzw. über den Schneeberggipfel verlaufende Höhenweg wurde um ca. 400 m nach Osten verlegt. Er ist noch jetzt als Schneisenweg begehbar, an dessen Ostseite in einem Felsen eine 1005-m-Höhenangabe eingemeißelt ist. An der Westseite des Weges waren in gewissen Abständen an Bäumen Verbotsschilder angebracht, so dass dieser umgeleitete Höhenweg ein Stück östliche Grenze des Sperrgebietes war.

51 Schreiben vom 21.2.1995 an den Fichtelgebirgsverein auf Anfrage von Herrn Dietmar Herrmann. - Zum Bau der Bundeswehr-Anlage: Gustav Schmidt, Der Schneeberg (samt nächster Umgebung), in: Heimatbeilage zum Oberfränkischen Schulanzeiger, Juni 2002, Nr. 294.

52 Dienstanweisung vom 18. Oktober 1950 im Akt „Hütte" der Bergwacht-Bereitschaft Weißenstadt.

Etwa 200 m nordöstlich unterhalb des Gipfels standen nördlich an der Straße ein aus Holz erbautes Wachhaus und gegenüber an der Südseite der Straße ein Gebäude. Dort verrichteten Labor Service-Wachmänner (LS) Wachdienst. Schon seit 1948 bestand die so genannte Industriepolizei (IP), wobei der Begriff „Industrie“ für Anlagen ganz allgemein steht. Es waren deutsche Wachmänner, die schwarz eingefärbte US-Army-Uniformen trugen. Durch diese Uniformierung kamen sie zu dem Spitznamen „Die Schwarzen“. Bewaffnet waren sie mit dem US-Karabiner 30 M 1 mit einem Schuss, später fünf Schuss Munition. Aus der Industriepolizei ging ab 1. August 1950 die Bayreuther 4070th Labor Service Compamy Guard hervor, und zwar unter gleichzeitiger Auflösung der bisherigen IP-Einheit. Der Aufgabenbereich der neuen Wacheinheit lag in Bayreuth, Hof, Bindlach, Selb, am Döbraberg und Schneeberg und in Thurndorf/Opf.; mit abkommandierten Mannschaften außerdem in Fürth, Ansbach-Katterbach, Hohenfels, Herzogenaurach sowie in Grafenwöhr-Vilseck. Die aus IP-Zeiten stammende blauschwarze Uniform aus eingefärbten US-Uniformteilen wurde später durch eine neue blaugraue Uniform aus deutscher Produktion ersetzt. Das Ende der Labor Service-Einheit kam mit dem Jahr 1956; die Kompanie wurde zum Jahresende aufgelöst. Die Bewachungsaufgaben übernahm nun die US-Army selbst oder sie wurde von privaten Wachdiensten fortgesetzt.[53] Die Bewachung der Militäranlagen auf dem Schneeberg führten in der Folgezeit Wachleute der Firma Wach- und Kontrolldienst Oberfranken, Münchberg, durch.

In dem eingezäunten Bereich der US-Armee oben auf dem Schneeberggipfel, in dem auch die FGV-Blockhütte und der Aussichtsturm lagen, wurde eine massive Gebäudeanlage aus Naturstein gebaut. Sie wird gelegentlich als „Wehrmachtsgebäude“ bezeichnet. Das ist nicht richtig. Für die deutschen Soldaten war kein derartiges Gebäude gebaut worden. Sie waren in Holzbaracken untergebracht, die schon bald nach Kriegsende 1945 abgebaut und zu Tal transportiert wurden. Für die Amerikaner wurden nach 1951 außerdem eine Turnhalle, eine Kfz-Werkstatt und Stahlkonstruktionen als Träger für Antennen und Parabolspiegel errichtet. Die neu gebaute Asphaltstraße, die oben nicht wie die alte Luftwaffenstraße von Norden her, sondern nach einem Bogen von Nordosten her zum

53 Joachim Joschko, Industrial Police und Labor Service der US Army in Bayreuth 1945-1956, in: Archiv für Geschichte von Oberfranken, 73. Band, 1993, S. 441 ff.

Bilder vom Schneeberg und Schneebergzug

Antennen über dem Eingangstor zur amerikanischen Anlage. Bild: Dietmar Herrmann

Das Haus der Amerikaner, links der Antennenträger über dem Eingangstor und rechts ein Antennenturm. Bild: Dietmar Herrmann

▲ *Der Schneeberg vom Weißmainfelsen aus fotografiert.*

◀ *Auf dem Schneeberggipfel fällt der Zaun. Foto: Christian Kreipe im Sommer 1996*

Auch diese drei Wanderer aus Wunsiedel kamen zur Wiedereröffnungsfeier am 29.8.1996 auf den Schneeberg: (v.li.) Christian Franz, Heinz Lang, Hans Zeitelhack.

Das Haus der Amerikaner wurde 2004 abgebrochen, die Antennenträger wurden schon 2003 abgebaut. Die Steinhaufen im Vordergrund stammen von Abbrucharbeiten und Renaturierungsmaßnahmen. Foto: Dietmar Herrmann

Abbrucharbeiten mit Bagger auf dem Schneeberg. Foto: Christian Kreipe im Sommer 2004

Die Buchenallee im Herbst 2005.

Morgenstimmung auf dem Schneeberg, langsam siegt die Sonne über den Nebel.
Foto: Eberhard Weber

Der Verfasser fotografiert die Schneebergtürme. Foto: Eberhard Weber

Ausschnitt aus: Spezialkarte des Fichtelgebirges, ausgeführt vom topograph. Bureau des k.b. Generalstabes nach Angaben des Fichtelgebirgsvereins. Maßstab 1:50000, Stand: 1895. Die Touristensteige sind rot eingezeichnet.

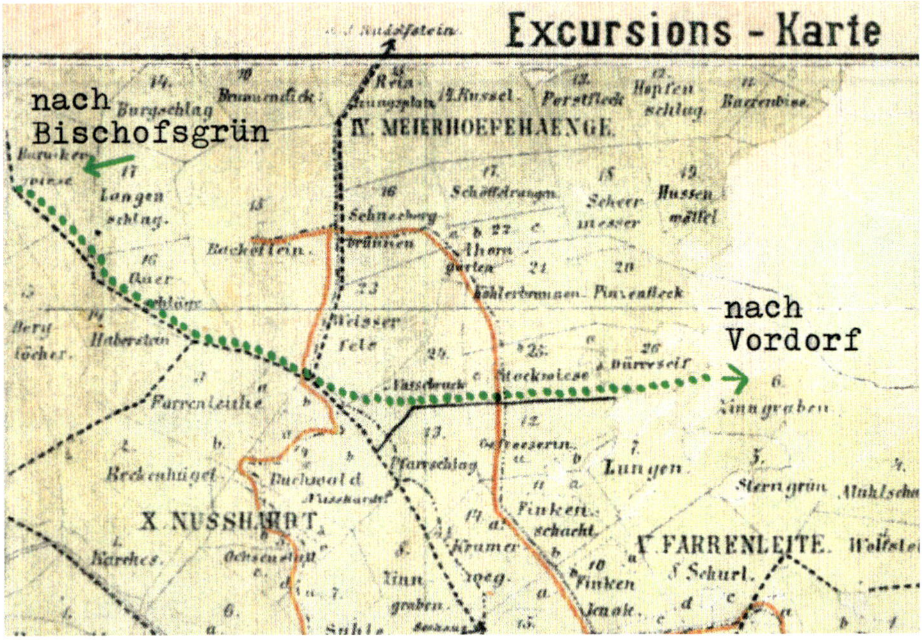

Ausschnitt aus: Excursionskarte für die III. Oberfränkische Forstversammlung 1881. Die Route der Forst-Exkursion ist rot eingezeichnet. Der Verlauf des alten Weges Vordorf-Bischofsgrün (Diebsteig) wurde vom Verfasser grün punktiert eingezeichnet. Auf diesem Weg wanderte wahrscheinlich auch Goethe mit seinen Begleitern am 1. Juli 1785 nach Vordorf.

Die neue Bergwachthütte am Schneeberg. Foto: Erich Vetter

Am weiträumig abgesperrten Schneeberggipfel waren an Bäumen solche Verbotsschilder angebracht.

Gipfel geht, ging gerade auf das Zauntor der amerikanischen Anlage zu. Aufgrund der Entspannung in Europa, aber auch wegen der Veränderung und Verbesserung der militärischen Abhörtechnik, wurde die Notwendigkeit der Militäranlagen auf dem Schneeberg zu Beginn der 90er Jahre durch das Militär in Frage gestellt. Hinzu kam die starke Reduzierung der US-Streikräfte in Mitteleuropa. Im August 1991 verließen die amerikanischen Soldaten den Schneeberg. Am 30.4.1992 beendeten die Amerikaner offiziell die

Labor Service (LS)-Torposten in Berg-Winterausrüstung am Postenhaus der US-Einrichtung Schneeberg. Im Parka, Karabiner in „port arms"-Stellung: Sgt. LS W. Hacker, 1952.
Bild aus: Joachim Joschko, Industrial Police und Labor Service der US Army in Bayreuth 1945-1956, in: Archiv für Geschichte von Oberfranken, 73. Band, 1993, S. 441 ff.

Antennenanlage mit Parabolspiegel im Außenbereich der Bundeswehr-Anlage.
Bild: Dietmar Herrmann

Luftaufnahme vom Schneeberggipfel mit der Bundeswehr-Anlage (rechts) und dem amerikanischen Sperrgebiet (links).

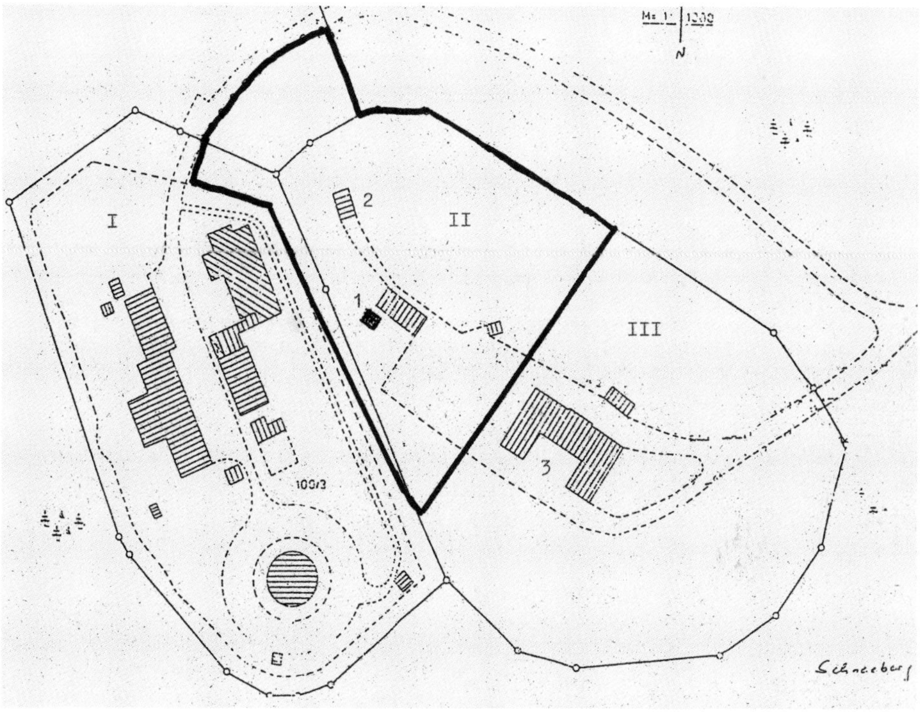

Schneeberggipfel-Lageplan
I = Bundeswehr-Anlage, seit 1994 Nutzung durch die Fa. Mannesmann für Zwecke des Mobilfunks.
II = Nordwestlicher Teil des Sperrgebiets der Amerikaner. Kauf durch den Landkreis Wunsiedel am 29.12.1995. Renaturierung 1996.
1 = Schneeberg-Aussichtsturm.
2 = Alte Bergwachthütte, 1996 abgebrochen.
III = Südöstlicher Teil des Sperrgebiets der Amerikaner. Kauf durch den Landkreis Wunsiedel 2002. Renaturierung 2003-2005.
3 = Nach 1951 gebautes Haus der Amerikaner, 2004 abgebrochen.

Während der militärischen Nutzung des Schneebergs war das amerikanische Areal mit dem Aussichtsturm und der Blockhütte an einigen Tagen frei zugänglich

Anlässlich des 50. Jahrestags der Baufertigstellung und Einweihung des Schneeberg-Aussichtsturmes am 29.8.1976 konnte der Bundeswehr-Generalmajor Rudi Reichenberger, der mit dem damaligen FGV-Hauptvorsitzenden Hermann Reichenberger weder verwandt noch verschwägert war, aber wie er in Oberwarmensteinach wohnte, für diesen Tag die Freigabe des Schneeberggipfels erwirken. Es wurde nicht nur eine Sternwanderung mit einer „kleinen Gedenkstunde“, wie vom Fichtelgebirgsverein geplant, sondern eine überwältigende Demonstration der Heimatverbundenheit. Von nah und fern strömten junge und alte Besucher zum Schneeberggipfel, so dass sich dort schließlich schätzungsweise 10.000 Menschen versammelten. Das Betreten des reparaturbedürftigen Aussichtsturmes hatte der Fichtelgebirgsverein aus Sicherheitsgründen verboten, er wurde aber trotzdem eine Stunde lang bestiegen, ehe die Bergwacht den Einstieg blockierte. Der Weißenstädter Bürgermeister Christof Hager, zugleich Obmann der für die Betreuung des Schneebergs zuständigen Ortsgruppe Weißenstadt des Fichtelgebirgsvereins, konnte sich in dem Menschenauflauf nur über einen Lautsprecherwagen Gehör verschaffen, als er an den Turmbau vor 50 Jahren erinnerte und die Namen der sieben Männer verlas, die aus der damaligen Baumannschaft noch ausfindig gemacht werden konnten: Hans Döhla, Georg Fischer, Gustav Hüttel, Hans Kraus, Christian Weiß, Hans Wurzel und Christian Tröger. FGV-Hauptwanderwart Horst Ruhl, Weidenberg, verlas am Mikrofon die Namen der teilnehmenden 41 FGV-Ortsgruppen. FGV-Hauptvorsitzender Hermann Reichenberger zeigte sich geradezu überwältigt von dem Erlebnis. „Es ist einer der schönsten Wandertage, die ich mitgemacht habe“, rief er spontan aus und begrüßte auch alle Prominenten aus Politik, Wirtschaft und Kultur, an die Einladungen ergangen waren. Es wurden drei silberne Ehrenzeichen des Fichtelgebirgsvereins verliehen, und zwar für Männer, die das Schneebergtreffen ermöglicht hatten: Generalmajor Rudi Reichenberger, US-Sergeant Eugen Looram und

Schneebergturm-Kommandant Oberleutnant Bernd Kreienbaum. Kurz vor 12 Uhr mittags stimmte der Posaunenchor das Fichtelgebirgslied an, und viele sangen mit. Erst Nachmittag leerte sich der Schneeberggipfel allmählich von den vielen Menschen.[55] Wer dabei war, hatte das Gefühl, unter lauter Gleichgesinnten zu sein. Wohl selten wurde das Fichtelgebirgslied mit soviel innerer Anteilnahme und Ergriffenheit gesungen, wie an diesem Tag auf dem Schneeberg. Das galt besonders für ältere Heimatfreunde, die nach 25-jähriger Abstinenz wieder einmal den Gipfel des Schneeberges betreten durften, der ihnen als höchster Berg des Fichtelgebirges besonders ans Herz gewachsen war.

Unvergessen bleibt allen Teilnehmern der Wimpelwandergruppe aus Selb zum Fichtelgebirgstag 1982 die Ankündigung, den Gipfel des Schneebergs auf der Wanderung von Selb nach Warmensteinach betreten zu können. Drei Jahre später wurde der Wimpelwandergruppe aus Marktredwitz bei der Wanderung zum Fichtelgebirgstag 1985 in Sparneck das gleiche Glück zuteil. Dabei machte der Berg seinem Namen volle Ehre, indem er im Mai völlig verschneit war. Beim Besuch des Altbundespräsidenten Prof. Dr. Karl Carstens im September 1987 war der Berg voll in Nebel eingehüllt.[56]

Auf dem Schneeberggipfel vor der alten Schutzhütte am 29.8.1976.
Foto: Karl-Heinz Hüttner von der FGV-Lichtbildstelle

55 Frankenpost vom 30.8.1976.
56 Dr. Peter Seißer, Freier Zugang zum Schneeberggipfel, in: Der Siebenstern, 1996.

Selbst vom Bundeswehrturm aus konnte die Kamera nur einen Teil der Menschenmassen erfassen, die am 29.8.1976 auf dem Schneeberggipfel versammelt waren. Links im Bild ist die alte Schneeberghütte, in der Mitte der Aussichtsturm und rechts daneben ein Garagenbau der Amerikaner. Bild aus: Frankenpost vom 30.8.1976

Auf dem Schneeberggipfel vor der alten Schutzhütte am 29.8.1976.
Foto: Karl-Heinz Hüttner von der FGV-Lichtbildstelle

Der Vorsitzende der FGV-Ortsgruppe Weißenstadt, Bürgermeister Christof Hager (links), überreicht an Hans Döhla, Georg Fischer, Gustav Hüttel, Christian Weiß, Hans Wurzel und Christian Tröger, die beim Bau des Schneeberg-Aussichtsturmes mitwirkten, ein Erinnerungsblatt. Hans Kraus, der ebenfalls als Bauarbeiter 1926 auf dem Schneeberg tätig war, konnte an der Feier wegen Krankheit nicht teilnehmen. Bild aus: Frankenpost vom 31.8.1976

Im September 91 war der Schneeberg das Ziel einer Gebietswanderung des Fichtelgebirgsvereins. Aus diesem Anlass hatten der Obmann der FGV-Ortsgruppe Weißenstadt, Christof Hager, und der FGV-Häuserreferent Bruno Stöhr aus Kulmbach, von der amerikanischen Militärbehörde in Bindlach die Genehmigung zum Betreten des amerikanischen Sperrgebietes erwirkt. An dieser von der FGV-Ortsgruppe Weißenstadt ausgerichteten Gebietswanderung nahmen Wanderer der FGV-Ortsgruppen Weißenstadt, Wunsiedel, Franken, Gefrees, Kirchenlamitz, Kulmbach, Marktleuthen, Niederlamitz, Röslau, Sparneck, Tröstau und Vordorf

Altbundespräsident Prof. Dr. Karl Carstens als Wanderer auf dem Schneeberg am 26. September 1987. Foto: Karl-Heinz Hüttner von der FGV-Lichtbildstelle

Der FGV-Naturschutzreferent, Ltd. Forstdirektor Peter Meier, informierte am 26. September 1987 auf dem Schneeberg den Altbundespräsidenten Prof. Dr. Karl Carstens und die Wandergruppe über die Waldschäden. Foto: Karl-Heinz Hüttner von der FGV-Lichtbildstelle

teil. Es werden etwa 1000 Menschen gewesen sein, die auf dem Schneeberggipfel versammelt waren. Dabei wurde die seltene Gelegenheit wahrgenommen, den Schneeberg-Aussichtsturm besteigen zu können. Aus Sicherheitsgründen durften jeweils nur 15 Personen gleichzeitig auf den Turm hinauf. Der eigentliche Endpunkt der Gebietswanderung war dann die neue Bergwachthütte zwischen Nußhardt und Schneeberg, wo FGV-Obmann Christof Hager die Wanderer begrüßte, und wo sie sich mit einer kräftigen Brotzeit für den Rückweg stärken konnten.[57]

Wiedereröffnung des Aussichtsturmes und des Schneeberggipfels am 29.08.1996

Nach dem Abzug der Amerikaner und der Bundeswehr vom Schneeberg waren die Liegenschaften samt Anlagen und Gebäuden an die Bundesvermögensverwaltung übergegangen. Die Bayerische Staatsforstverwaltung verzichtete auf die Ausübung eines Rückkaufrechts. Überlegungen, den Bundeswehrturm als Aussichtsturm zu nutzen, scheiterten einerseits an der für eine militärische Nutzung ausgerichteten Baukonstruktion und andererseits an den hohen Unterhaltskosten für den Betrieb. Keine Lösung zeichnete sich auch für die Verwendung der sonstigen Bundeswehrgebäude ab, da auch für diese sehr hohe Unterhaltskosten entstehen. Den Bundeswehrturm nutzt seit 1994 die Fa. Mannesmann für Zwecke des Mobilfunks. Soweit bekannt, wird dort auch ein Relais für den Amateurfunk betrieben. Auf Initiative von Landrat Dr. Peter Seißer, der seit 1991 wegen der Freigabe des amerikanischen Areals mit der Bundesvermögensverwaltung in Verhandlungen stand, kaufte der Landkreis Wunsiedel am 29.12.1995 den ca. 6500 qm großen nordwestlichen Bereich des bisherigen amerikanischen Sperrgebietes (mit dem Aussichtsturm und der Bergwachthütte). Der Fichtelgebirgsverein beschloss in seiner Hauptausschusssitzung in Weißenstadt am 4.1.1996, das Angebot des Landkreises Wunsiedel anzunehmen, das Backöfele mit seinem markanten Aussichtsturm wieder in seine Obhut zu nehmen. Gemeinsames Ziel war es, das Backöfele am 29.8.1996, dem 70. Geburtstag der Aussichtswarte, wieder der Öffentlichkeit zu überge-

57 Josef Lichtneckert, Das Backöfele als Wanderziel, in: Frankenpost vom 16.9.1991.

ben. Um die notwendigen Renaturierungsmaßnahmen nicht zu beeinträchtigen, die im Einvernehmen mit der Regierung von Oberfranken als Höhere Naturschutzbehörde durchgeführt wurden, musste der Zaun bis dahin noch geschlossen bleiben. Die Renaturierungsarbeiten führte 1996 der Naturpark Fichtelgebirge unter der Leitung des Naturpark-Geschäftsführers Christian Kreipe durch. Dabei wurde die alte Bergwachthütte abgebrochen und es mussten noch vorhandene Gebäudereste, Betonfundamente und Teerflächen entfernt werden.[58]

Zu der Eröffnungsfeier, die wie geplant am 29.8.1996 stattfand, hatte der Landkreis Wunsiedel eingeladen. Vom Aussichtsturm wehten die Fahnen des Landkreises Wunsiedel und der Stadt Weißenstadt. Die Post gab einen Sonderstempel heraus, und eine Sammlerpostkarte mit dem Sonderstempel konnte für fünf Mark an einem Kiosk erworben werden. Der Landkreis Wunsiedel hatte ein Wimpelband gestiftet, das zur Erinnerung an die Ortsgruppen des Fichtelgebirgsvereins verteilt wurde. Der Landrat und stellvertretende FGV-Hauptvorsitzende Dr. Peter Seißer begrüßte die für einen Werktag ungewöhnlich vielen Gäste. Nach einem Rückblick auf die abwechslungsreiche Geschichte des Schneebergs führte er aus, der 29. August sei bewusst für die Freigabe des Schneeberggipfels gewählt worden, weil genau vor 70 Jahren der Backöfele-Aussichtsturm durch den Fichtelgebirgsverein errichtet wurde. Dabei habe sich die FGV-Ortsgruppe Weißenstadt besonders verdient gemacht. Es sei deshalb richtig, dass die Weißenstädter das Backöfele jetzt wieder in ihre Obhut nehmen. Staatssekretär Willi Müller überbrachte zu diesem historischen Tag die Grüße der bayerischen Staatsregierung. Er sagte, im Fichtelgebirge seien die meisten Naturschutzgebiete Oberfrankens, und hier auf dem Schneeberggipfel befänden wir uns in einem der schönsten Naturschutzgebiete Bayerns. FGV-Hauptvorsitzender Dr. Helmut Reinel führte in seiner Rede aus, dass der Fichtelgebirgsverein seit seiner Gründung vor über 100 Jahren Aussichtstürme und Warten gebaut und Aussichtsmöglichkeiten auf Felsen geschaffen habe. Als nach dem Zweiten Weltkrieg das Backöfele fast ein halbes Jahrhundert im militärischen Sperrgebiet lag, habe man immer in der Hoffnung gelebt, dass der Schneeberggipfel eines Tages wieder frei zugänglich wird. Dank der politischen Entwicklung in den letzten Jahren und aus anderen Gründen hätten auch die militärischen Anlagen auf dem Schneeberg ihren Sinn verloren und die

58 Wie Anmerkung 56.

Natur könne den Berg zurückgewinnen. Den ökumenischen Segen erteilten die Pfarrer Matthias Fuchs von der evangelischen und Walter Roth von der katholischen Kirchengemeinde Weißenstadt. Nicht der hölzerne Bau des Backöfele werde gesegnet, betonten die Geistlichen, sondern der Mensch, der sich in der Geborgenheit Gottes wisse. Landtagsabgeordneter Albrecht Schläger, der seit seiner Zeit als Forstlehrling das Schneeberggebiet gut kennt, sagte in seinem Grußwort, dass wir alle für einen „ruhigen" Schneeberg stünden, wo der Mensch nicht unbedingt vor der Natur rangieren müsse, sondern in einem vernünftigen Nebeneinander mit ihr lebe. Ltd. Forstdirektor Peter Meier von der Oberforstdirektion Bayreuth überbrachte die Glückwünsche aller Forstleute des Fichtelgebirges und schloss sein Grußwort mit einem Vers des Gedichtes „Die Wälder schweigen" von Erich Kästner, der am besten ausdrückt, was Wald und Bäume uns geben können. Der Bürgermeister der Stadt Weißenstadt, Klaus Knies, sagte in seiner Ansprache, Weißenstädter seien es gewesen, die den Aussichtsturm 1926 auf dem höchsten Berg des Fichtelgebirges errichtet hätten, der zum Symbol der Heimatverbundenheit geworden sei. Als letzte Redner konnten Obmann Klaus Tuchbreiter von der FGV-Ortsgruppe Weißenstadt und sein Stellvertreter Adolf Hösch ihre Enttäuschung und die vieler Fichtelgebirgler nicht verbergen, dass die alte Bergwachthütte beseitigt wurde; sie hätte noch gute Dienste leisten können. Nach dem Durchschneiden eines Bandes wurde schließlich der Weg zum Backöfele offiziell freigegeben. Am Backöfele-Felsen wurde unterhalb der 1976 angebrachten Gedenktafel eine weitere Gedenktafel von Landrat Dr. Peter Seißer enthüllt, deren Inschrift an die Wiedereröffnung durch den Landkreis Wunsiedel und den Naturpark Fichtelgebirge e.V. erinnern soll. Die vereinigten Posaunenchöre aus dem Fichtelgebirge unter der Leitung von Udo Bruch haben die Eröffnungsfeier musikalisch umrahmt. Für das leibliche Wohl der Besucher sorgte vorbildlich die FGV-Ortsgruppe Weißenstadt.[59]

In der Folgezeit wurde der Schneeberg stark besucht. Viele stellten ihre Autos an der Straße Bischofsgrün-Weißenstadt bei der Schneeberg-Auffahrt ab und liefen auf der asphaltierten Fahrstraße zum Schneeberggipfel. Wer etwas abkürzen wollte und die Steigung nicht scheute, ging das letzte Stück auf der alten Luftwaffenstraße zum Gipfel hinauf. Manchmal parkten die Fahrzeuge sogar hinter dem Sperrschild

59 Frankenpost vom 30.8.1996.

Mit dem Durchschneiden eines Bandes gaben FGV-Hauptvorsitzender Dr. Helmut Reinel, Landrat Dr. Peter Seißer und Staatssekretär Willi Müller (v.li.) am 29.8.1996 den Schneeberggipfel mit dem Aussichtsturm frei. Hinter Dr. Seißer und Willi Müller ist Landtagsabgeordneter Albrecht Schläger. Bild aus: Frankenpost vom 30.8.1996

Landrat Dr. Peter Seißer enthüllte am 29.8.1996 eine Gedenktafel am Aussichtsfelsen auf dem Schneeberggipfel. Bild aus: Frankenpost vom 30.8.1996

Landrat Dr. Peter Seißer, Staatssekretär Willi Müller und FGV-Hauptvorsitzender Dr. Helmut Reinel (v.li.) vor dem Aussichtsfelsen auf dem Schneeberggipfel am 29.8.1996. Foto: Karl-Heinz Hüttner von der FGV-Lichtbildstelle

Vorne stehend FGV-Hauptvorsitzender Dr. Helmut Reinel, Horst Küspert, Dr. Peter Seißer und Klaus Tuchbreiter, Vorsitzender der FGV-Ortsgruppe Weißenstadt (v.li.), am 29.8.1996 auf dem Schneeberggipfel. Foto: Karl-Heinz Hüttner von der FGV-Lichtbildstelle

Landrat Dr. Peter Seißer am 29.8.1996 auf dem Schneeberggipfel.
Foto: Karl-Heinz Hüttner von der FGV-Lichtbildstelle

Landtagsabgeordneter Albrecht Schläger am 29.8.1996 auf dem Schneeberggipfel.
Foto: Karl-Heinz Hüttner von der FGV-Lichtbildstelle

Wiedereröffnung des Schneeberggipfels am 29.8.1996.

Wiederöffnung des Schneeberggipfels am 29.8.1996.

Wiederöffnung des Schneeberggipfels am 29.8.1996.

Das „Versorgungszelt" der FGV-Ortsgruppe Weißenstadt bei der Wiedereröffnung des Schneeberggipfels am 29.8.1996.

Wie schon immer, ist für die Betreuung des Schneeberggipfels mit der Besteigungsanlage die Ortsgruppe Weißenstadt des Fichtelgebirgsvereins zuständig, deren Vorstandschaft oben abgebildet ist. Sitzend v.li.: Hans Hennebach, Adolf Hösch, Kurt Schelter, Otto Zeitler, stehend v.li.: Herbert Gesell, Hans Eder, Stephan Keilholz, Helga Foerster, Klaus Tuchbreiter (Vorsitzender), Gertrud Dietel, Annemarie Probst, Wolfgang Schiller, Manfred Bruchner, Hans Jahn. Nicht auf dem Bild: Friedhelm Hübner. Bild: FGV-Ortsgruppe Weißenstadt

November-Stimmung auf dem Schneeberg. Das Steinkreuz ließ Pfr. Hans Schinhammer am 20. Juli 2001 von Erwin Bachl, Josef Kusitzky, Willi Leiminger und Otmar Zötzl setzen.
Foto: Rainer H. Schmeissner

auf der Schneebergstraße dicht hintereinander bis zur Schranke hinauf. Aber auch auf dem Höhenweg Rudolfstein-Schneeberg-Nußhardt-Seehaus wanderten viele zum Schneeberg. Die alte Anziehungskraft des Schneebergs war ungebrochen; durch die lange Sperrung war sie anscheinend noch stärker geworden. Selbst als der erste Ansturm etwas nachließ, blieb der Schneeberg ein sehr beliebtes Wanderziel.

Am 20.07.2001 ließ der katholische Pfarrer Hans Schinhammer aus Kirchenlamitz nach Rücksprache mit den zuständigen Stellen auf dem Schneeberggipfel etwas nordöstlich vom Aussichtsfelsen ein Steinkreuz aufstellen. Er hatte es vor einiger Zeit von der Firma Lewa in Schwarzenbach/Saale geschenkt bekommen. Aufgestellt haben das Kreuz Pfr. Schinhammer und seine Helfer Erwin Bachl, Josef Kusitzky, Willi Leiminger und Otmar Zötzl aus Kirchenlamitz. In einer Feierstunde am Mittwoch, dem 15. August 2001, Mariä Himmelfahrt, segnete Pfr. Schinhammer das Kreuz. In seiner Predigt sagte er: „Auf dem Weg zum Gipfel kommt am Kreuz keiner vorbei." Landrat Dr. Peter Seißer stellte dazu fest, dass das Kreuz auf dem Schneeberg das 24. Steinkreuz im Landkreis Wunsiedel sei.[60]

Die südöstliche Teilfläche des ehemaligen amerikanischen Sperrgebietes blieb auch nach der Wiederöffnung des Schneeberggipfels eingezäunt. Ein Funknetzbetreiber wollte das Areal samt Gebäuden kaufen und entsprechend nutzen. Der schon mit der Bundesvermögensverwaltung abgeschlossene Kaufvertrag wurde aber nicht wirksam, weil der Landkreis Wunsiedel, der an dieser Teilfläche ebenfalls interessiert war, ein Vorkaufsrecht geltend machte. Nach langer juristischer Auseinandersetzung konnte schließlich der Landkreis Wunsiedel im Jahr 2002 das Areal von der Bundesvermögensverwaltung kaufen und ist somit seit dieser Zeit der Eigentümer. Im Jahr 2003 wurde der hohe Antennenträger über dem Eingangstor abgebaut, und im September 2004 wurden das aus Naturstein gebaute Haus und die restlichen Gebäude und Anlagen der Amerikaner abgebrochen. Die anschließende Renaturierung des Areals zog sich noch bis 2005 hin. Ziel war dabei die Schaffung einer halboffenen Fläche. Sie bleibt noch einige Jahre eingezäunt, damit sich die Natur dort ungestört entwickeln kann. Gemäht wird sie nur, um für viele Tiere und Pflanzen einen geeigneten Lebensraum zu erhalten. Das ist auch deshalb von Bedeutung, weil es in den Hochlagen des Fichtelgebirges kaum noch freie Flächen gibt.[61]

60 Frankenpost vom 10.8.2001 und 21.8.2001. - Rainer H. Schmeissner, Das Steinkreuz auf dem Schneeberg (Fichtelgebirge), in: Steinkreuzforschung, Sammelband Nr. 27 (NF 12) 2002.
61 Auskunft von Herrn Christian Kreipe, Geschäftsführer des Naturparks Fichtelgebirge.

Im September 2004 wurde das aus Naturstein erbaute Haus der Amerikaner abgebrochen. Foto: Christian Kreipe

Abbruchmaterial vom Haus der Amerikaner im September 2004. Foto: Christian Kreipe

Der von allen Bebauungen befreite südöstliche Teil des ehemaligen amerikanischen Sperrgebiets auf dem Schneeberg im Oktober 2005. Dieser Bereich war bis 1951 ziemlich dicht mit Granitsteinen unterschiedlicher Größe bedeckt, zwischen denen Heidelbeerkraut wuchs und vereinzelt Fichten standen, die niedrig und verkrüppelt waren. Die auf dem Bild sichtbaren Steinhaufen wurden im Zuge der Renaturierung künstlich aufgehäuft.

Der Schneeberg-Aussichtsturm von Südosten am 10.10.2005. Auf dem Aussichtsfelsen stehen (v.li.) Andriana Tilch, Marianne Reißmann und Manfred Reißmann, der von 1969-1997 Leiter der Bergwacht-Bereitschaft Vordorf war, die manchmal aushilfsweise Bergwachtdienst auf dem Schneeberg verrichtete.

Bau einer neuen Bergwachthütte unterhalb des Schneeberggipfels im Jahr 1998

Wie schon ausgeführt, stand der Bergwacht-Bereitschaft Weißenstadt die am Wanderweg zwischen Nußhardt und Schneeberg stehende FGV-Hütte, die 1953 erbaut wurde, als Diensthütte zur Verfügung. So richtig zufrieden war man damit nicht, denn sie stand fast einen Kilometer vom Schneeberggipfel entfernt. Als dieser nun 1996 wieder frei zugänglich wurde, wollte die Bergwacht Weißenstadt dort wie früher eine Hütte haben. Nach Anweisung des Bauplatzes durch das Forstamt Weißenstadt konnte mit dem Bau begonnen werden, dessen Kosten auf 110000 DM veranschlagt waren. Von Anfang an erbrachten Angehörige der Bergwacht-Bereitschaft Weißenstadt viel Eigenleistung. Die Zimmermannsarbeiten führten im Mai 1998 neun Lehrlinge des Berufsbildungswerks Hof unter der Leitung des Weißenstädter Ausbildungs- und Zimmerermeisters Siegfried Gebhardt aus. Die aus Holz gebaute neue Bergwachthütte ist mit einem überdachten Unterstellplatz für Wanderer ausgestattet. Als Rettungsstation enthält sie einen Dienst- und Sanitätsraum, dazu noch einen Schlafraum. Sie ist 10 m x 6,5 m groß und 6 m hoch. Der Finanzierungsplan sah wie folgt aus: Gesamtkosten 111000 DM. Zuschüsse in Höhe 66000 DM gab es in folgender Aufteilung: Landkreis Wunsiedel und Stadt Weißenstadt je 14 000 DM, Bergwacht-Landesverband 10000 DM, Staat aus „Freizeit und Erholung“ 28000 DM. Die Restsumme von 45 000 DM finanzierte sich aus 18000 DM Eigenmittel und 23000 DM Eigenleistung sowie aus Spenden.[62]

Die Einweihung der neuen Bergwachthütte erfolgte am Sonntag, dem 11. Oktober 1998. Den kirchlichen Segen erteilten die Pfarrer Matthias Fuchs und Hans Schinhammer. Erich Vetter, der von 1972 bis 1993 Bereitschaftsleiter war, sprach die Grußworte. Landrat Dr. Peter Seißer verwies in seiner Ansprache darauf, dass er das Umfeld der Hütte bereits mit zwei Sitzgruppen einladend verschönern ließ, und zwar eine als Geschenk des Landkreises Wunsiedel und die andere vom Naturpark Fichtelgebirge. Rolf-Dieter Winkler, Abschnittsleiter der Bergwacht Fichtelgebirge, sagte, die Weißenstädter Bergwacht habe sich zur Feier ihres 75-jährigen Bestehens mit dieser neuen Hütte selbst ein schönes Geschenk gemacht und übergab symbolisch die

62 Frankenpost vom 11.5.1998 und 13.10.1998.

Schlüssel an den Weißenstädter Bergwacht-Bereitschaftsleiter Gerhard Dittmar. Zweiter Bürgermeister Dieter Schmidt erklärte, die Stadt Weißenstadt leiste zu den Baukosten einen Zuschuss von 15000 DM. Er sagte, die Bergwacht übe Rettungsdienst und Naturschutz ehrenamtlich aus, was Anerkennung und Unterstützung verdiene. Sie sei das Synonym für Dienst am Nächsten und Kameradschaft. Bergwachtmann Harald Ott aus Weißenstadt ging in seinem Vortrag auf die 75-jährige Geschichte der Bergwacht-Bereitschaft Weißenstadt ein, die aus dem Fichtelgebirgsverein hervorging und im damaligen Gasthof Welzel in Weißenstadt gegründet wurde. Zum ersten Bereitschaftsleiter wurde damals Heinrich Raithel gewählt. Ihm folgten in dieser Funktion Karl Schlarb, Christof Hager, Walter Ackermann, Karl Ruckdäschel, wieder Christof Hager, Adolf Hösch, Erich Vetter und seit 1993 Gerhard Dittmar. Abschließend berichtete Ott vom Hüttenbau und sagte, dass der Bau ohne die Zuschüsse und die großzügigen Geld- und Sachspenden von Privatleuten und der heimischen Wirtschaft nicht möglich gewesen wäre. [63]

Bau der neuen Bergwachthütte der BW-Bereitschaft Weißenstadt an der Auffahrt zum Schneeberggipfel im Sommer 1998. Foto: Erich Vetter

63 Frankenpost vom 13.10.1998.

Angehörige der Bergwacht-Bereitschaft Weißenstadt, 2006. Untere Reihe v.li.: Thomas Peuschel (stellvertr. Bereitschaftsleiter), Martin Kaufmann, Gerhard Dittmar (Bereitschaftsleiter), Glarissa Grauss, Barbara Hösch, Julian Ott, Harald Ott, Kerstin Peuschel, Erich Vetter, Matthias Wendel; obere Reihe v.li.: Benedikt Ott, Jens Best, André Pausch, Michael Tuchbreiter, Christian Kade, Robert Ott.

Wald, Wild und alte Wanderwege auf und am Schneeberg

Der Gipfelbereich des Schneebergs war wohl schon immer nur spärlich bewaldet, bedingt durch den mit Steinen übersäten Boden und der exponierten Höhenlage. Wie schon ausgeführt, schreibt Pachelbel (1716) vom Schneeberggipfel: „Heute zu Tage aber, da er anfängt entblöset zu werden, findet man im Sommer keinen Schnee darauf, wohl aber scharffe Winde." Ob er früher mehr bewaldet war, ist fraglich. J.Th.B. Helfrecht (1795) schreibt: „Die obere Region besteht ganz aus chaotischen liegenden Granitblöcken und Waldung." Die wahrscheinlich recht spärliche Bewaldung erwähnt er erst an zweiter Stelle. Bei Andreas Sommerer (1833) ist zu lesen: „Die oberste Region besteht bloß aus Wald, hohem Schwarz- und Preiselbeergesträuch und aus unordentlich unter einander geworfenen Steinblöcken; der höchste Bezirk derselben ist ein kahle Fläche, etwa eine halbe Stunde im Umfange, von jungem Nadelholze umgeben. Überall bedeckt den Boden ein Geschütte von fast regelmäßigen rhomboidalischen Granittafeln oder säulenförmigen Stücken, zwischen welchen verkrüppelte Fichtenbüsche und Heidelbeeren hervorwachsen... Auch diese Fläche war sonst mit wiewohl krüppelhaftem Holze bewachsen; allein ein vor etwa hundert Jahren entstandener Brand entblößte sie und einen Theil der westlichen Seite..." Es wurde ihm wohl erzählt, dass es auf dem Schneeberggipfel gebrannt haben soll. J.Th.B. Helfrecht (1795) berichtet nicht von einem Brand, den es sicher auch nicht gab. Man kann davon ausgehen, dass der Gipfelbereich von Natur aus schon immer nur spärlich bewaldet war. J.v.Pläncckner (1837) beschreibt ihn ähnlich wie Andreas Sommerer, dessen Buch er wohl als Vorlage hatte. Lesen wir dazu noch, was Wilhelm Heinrich Wackenroder (1793) schreibt: „Das Fichtelgebirge ist ganz mit Fichten und Tannen bewachsen, die unten auch mit einigen Buchen vermischt sind; die höchsten Spitzen aber sind kahl."[64]

In den Hochlagen des Schneeberggebietes haben die Bäume witterungs- und standortbedingt einen schlechten Wuchs. Durch Sturm und Schneedruck sind ihnen häufig die Spitzen abgebrochen, die dann durch aufrecht wachsende Äste ersetzt werden, die wiederum abbre-

64 Ludwig Tieck - Wilhelm Heinrich Wackenroder, Die Pfingstreise von 1793 durch die Fränkische Schweiz, den Frankenwald und das Fichtelgebirge.

chen. Dabei ist der Waldbestand auf der Westseite des Schneebergs wegen der vorherrschenden Westwinde besonders gefährdet.

Bei der heutigen dichten Bewaldung kann nur noch eine spärliche Bodenvegetation existieren. Das war früher anders. Bei Pachelbel (1716) können wir auf Seite 97 lesen: „Steigen wir wieder auf unser Gebürg und beschauen daselbst den Erdboden, so kann man mehrentheils wegen der unbeschreiblichen Menge der schwartzen und rothen Heidel-Beeren (deren letzten hier zu Lande Breußel-Beeren genannt werden) kaum einen Fuß setzen und einen Schritt ferner thun ..." J.Th.B. Helfrecht (1795) schreibt beim Schneeberg: „Die mittlere Region hat eine gute Huth und angenehme Grasplätze voll heilsamer Kräuter mit untermischten Nadelbäumen." Es stand zwar überall Wald, der aber nicht so dicht war wie der heutige Wirtschaftswald. In diesem Naturwald konnte Waldweide betrieben werden, und das Wild hatte einen geeigneten Lebensraum. Andererseits sorgten Weidevieh und Wild dafür, dass der Wald licht blieb. Dazu kamen die vielen durch Holzeinschlag entstandenen Kahlflächen im Wald. Bei Johann Michael Füssel (1787) können wir dazu lesen: „Die Aussicht ist desto schöner. Links sieht man den Schneeberg und Ochsenkopf, bald kahl, bald waldicht ..."[65] J.G. Köppel (1794) schreibt: „Bischofsgrün, 29. August 1793 ... Der Schneeberg und der Ochsenkopf erscheinen hier der Länge nach und nebeneinander. Sie sind vom Fuße bis auf den Gipfel mit Holz bewachsen, doch so, daß hin und wieder Felsen und abgeößigte Flecken hervorsehen."[66]

Früher verließ man sich bei der Wiederbewaldung von Kahlschlägen ganz auf die Natur. Weil jedoch die herrschaftlichen Waldungen aus verschiedenen Ursachen besorgniserregend abnahmen, befahl Markgraf Georg Friedrich Karl im Jahr 1734 seinen Beamten und Forstbedienten, sich äußerst zu bemühen, alle Kahlflächen oder schlecht bestockte Waldteile schleunigst zum vollständigen Anflug zu bringen. Es wurde auch eine Kulturanweisung erteilt, wie durch Aushebung junger Bäumchen in Naturverjüngungen und Wiedereinsetzen an geeigneten Orten, aber auch durch Sammlung von Holzsamen und Aussaat dieses Ziel schnell erreicht werden könnte. Es wurde auch schon empfohlen, an geeigneten Stellen Baumschulen anzulegen, um kräftiges Pflanzenmaterial zu erzielen. Knapp 50 Jahre später arbeitete man nicht mehr auf die Naturverjüngung hin, sondern säte sofort nach dem

65 Johann Michael Füssel, Beschreibung der Reise durch einen großen Theil des Fränkischen Kreises, Erster Theil, Erlangen 1787.

66 J.G. Köppel, Malerische Reise durch die fränkischen Fürstentümer, Erlangen 1794.

Großkahlhieb Fichtensamen. Eine merkliche Entlastung des Waldes trat ein, als 1792 der König von Preußen den Abschuss des Rotwildes genehmigte, der dann auch ziemlich rigoros durchgeführt wurde. Auch in bayerischer Zeit wurde ab 1810 viel Fichtensamen ausgebracht. Das führte auf den großen Kahlschlägen in wenigen Jahrzehnten zum weitgehenden Untergang der Buche und Tanne und zu ausgedehnten Fichten-Reinbeständen. Das forstliche Ideal um die Mitte des 19. Jahrhunderts war die Herstellung eines gleichförmigen Reinbestandes innerhalb einer Abteilung. Für dieses Modell eignete sich die Fichte im besonderen Maße. Die Fichtensaat sollte sofort nach dem Hieb die Regel werden, ohne auf Naturverjüngung zu warten. Die Fichte war vor allen anderen Holzarten zunächst als Brennholz, später als Nutzholz besonders geschätzt. Sie war schnellwüchsig, erbrachte frühe Vornutzungen an Stangen und einen hohen Vorrat in der Endnutzung. Sehr lange stand jedoch die Brennholznutzung im Vordergrund. Der Nutzholzanteil betrug bis 1824 nur 5-10 %, im Jahre 1861 nur 20 %, steigerte sich aber bis 1880 etwa auf 70 % des Einschlags. Eine weitere Entlastung des Waldes brachte die allmähliche Einstellung der Waldweide in der zweiten Hälfte des 19. Jahrhunderts.[67]

In der ersten Hälfte des 20. Jahrhunderts ging man mehr dazu über, in forsteigenen Baumschulen Pflanzen zu züchten und sie auf Kahlschlägen zu pflanzen. Die Pflanzarbeiten führten meistens Waldarbeiterinnen, Kulturfrauen genannt, unter der Leitung erfahrener Holzhauer durch. Bis zur Anpflanzung konnten oft etliche Jahre vergehen. In dieser Zeit wuchs das Heidelbeerkraut besonders gut und trug viele Früchte. Wenn es in der Blüte von der Sonne beschienen wurde, lag ein unbeschreiblich süßer Duft in der Luft über dem Schlag. Leider kam es oft vor, dass die Blüten durch Spätfröste Schaden erlitten oder ganz vernichtet wurden. Dann gab es nur wenig oder keine Heidelbeeren. Das war für die Landbevölkerung, die Beeren nicht nur zum Eigenverzehr, sondern auch zum Verkauf sammelte, ein herber Verlust. An schrägen Felsflächen wuchs auf einer dünnen Humusschicht Preiselbeerkraut. Es kam vor, dass neben den Preiselbeeren in der Sonne eine Kreuzotter lag, die sich durch Zischen bemerkbar machte, wenn man ihr zu nahe kam. Ungefähr seit Ende des Zweiten Weltkrieges werden im Schneeberggebiet in den Staatsforstwaldungen keine Kahlschläge mehr gemacht, man setzt ganz

---

67 Dr. Karl-Heinz Mayer, Die Forstgeschichte des Fichtelgebirges, in: Forstliche Forschungsberichte München, Nr. 167, 1998.

auf die Naturverjüngung. Angestrebt wird ein gesunder Mischwald. Erfreulicherweise gibt es durch Pflanzungen und Naturverjüngung wieder mehr Buchen. Besonders im Frühjahr beleben ihre hellgrünen Blätter den Fichtenwald vorteilhaft. Hauptsächlich in Einzäunungen wurden auch viele Tannen gepflanzt, die jetzt schon eine ansehnliche Höhe erreicht haben. Die Tanne wurde in der Vergangenheit nicht nur durch die Fichte verdrängt. Trotz aller wissenschaftlichen Bemühungen ist es bisher nicht möglich gewesen, die eigentlichen Ursachen des Tannenrückgangs eindeutig festzustellen.

So sah der Wald auf dem Schneeberg um 1937 aus.
Bild: Der Siebenstern, Umschlagbild von Heft 11, 1937

Der Nußhardtgipfel war um 1938 fast kahl. Bild: Der Siebenstern, Umschlagbild von Heft 10, 1938

Blick von der Zeitelwiese in Vordorfermühle zum Nußhardt und Schneeberg, wo die damals üblichen Kahlschläge deutlich erkennbar sind. Der Kahlschlag am Nußhardt, Pfarrschlag genannt, war ein beliebtes Heidel- und Preiselbeergebiet. Das Haus in Bildmitte ist das 1938 erbaute Jagdhaus Altmann, und am linken Bildrand ist das Elternhaus des Verfassers zu sehen.

Drei Vordorfer Holzhauer der für den Schneeberg zuständigen Forstdienststelle Meierhof des Forstamts Weißenstadt, um 1934. V.li.: Georg Panzer, Jakob Beck, Bernhard Illing. Ihre hauptsächlichen Werkzeuge waren noch Axt und Zugsäge. Die jetzt allgemein üblichen Motorsägen wurden in Meierhof um 1959 eingeführt.

Forstwirte und Revierförster der für den Schneeberg zuständigen Forstdienststelle Meierhof des Bayer. Forstamts Weißenstadt, 1999. Obere Reihe v.li.: Bernd Hüttel, Walter Hübner, Uwe Sommerer, Walter Sycha, Karl Döhler, Adolf Purucker; untere Reihe v.li.: Fritz Tröger, Wolfgang Grüner, Uwe Thiem, Heinz Welisch, Robert Böttger. Ganz rechts steht Revierförster Horst Clericus mit Hund Murx. Im Zuge der Forstreform 2005 wurde das Bayer. Forstamt Weißenstadt aufgelöst und der Schneeberg und die weiterhin dafür zuständige Forstdienststelle Meierhof gehören ab 1.7.2005 zum Forstbetrieb Selb.

Das Rotwild, von der einheimischen Bevölkerung einfach „die Hirschen“ genannt, hat eine wechselvolle Geschichte. Früher war die Jagd auf Hochwild, zu der das Rotwild zählte, ausschließliches Privileg der Herrschaft. Bis 1791 besaßen die Markgrafen von Brandenburg-Kulmbach-Bayreuth den größten Teil des Fichtelgebirges. Von wenigen Ausnahmen abgesehen, waren sie vernünftige Herrscher, die ihre Untertanen nicht über Gebühr belasteten. Wenn es aber um die Jagd ging, hatten sie wenig Verständnis für die Bauern, die oft schwer unter den Wildschäden und der Jagdfrohn zu leiden hatten. Nachdem die Markgrafschaft Bayreuth, auch Fürstentum Bayreuth genannt, 1791 an Preußen gekommen war, genehmigte 1792 der König von Preußen zur Abstellung der häufigen und berechtigten Klagen den Abschuss des Rotwildes. Bereits 1799 war es so stark vermindert, dass es nur noch in großen, geschlossenen Waldungen als Standwild vorkam. Im Jahr 1810 wurde das Fürstentum Bayreuth dem Königreich Bayern angegliedert. Die am 4.6.1848 in Bayern erlassenen so genannten Ablösungsgesetze hoben bestehende Jagdprivilegien des Adels und sonstiger Grundherren auf. Es galt wieder der alte deutsch-rechtliche Grundsatz, dass die Berechtigung zur Jagd Ausfluss und Bestandteil des Grundeigentums ist. Das bedeutet, dass jeder auf seinem Grundbesitz, gleich welcher Größe, schießen und fangen konnte, was und wie viel ihm beliebte. Dieser im Grunde unhaltbare Zustand wurde schon nach zwei Jahren mit Gesetz vom 30.3.1850 dahingehend beseitigt, dass das Jagdausübungsrecht zwar an Grund und Boden gebunden blieb, aber kleinere Grundeigentümer sich zu einer Jagdgenossenschaft zusammenschließen mussten, während größere zusammenhängende Grundflächen ab einer bestimmten Größe als Eigenjagd galten. Außerdem wurden für das Wild Jagd- und Schonzeiten eingeführt. Da es aber keine geregelte Abschussplanung gab, wurde das Rotwild weiterhin intensiv bejagt. Im Jahr 1934 wurde das Reichsjagdgesetz erlassen, das in seinen Grundzügen noch heute gilt. Neu darin war die Pflicht zur Aufstellung von Abschussplänen für das Schalenwild mit Ausnahme von Schwarzwild, die sich am jeweiligen Wildbestand zu orientieren hatten. Dadurch erholte sich auch der stark dezimierte Rotwildbestand wieder und blieb bis nach 1939 in den Krieg hinein ziemlich konstant. Nach Kriegsende 1945 konnten die deutschen Jäger wegen des Waffenverbotes nicht mehr jagen. Nur ab und zu jagten Angehörige der Besatzungsarmee und schossen was ihnen vor die Büchse kam. Das Rotwild konnte sich also ziemlich ungestört vermehren. Rotwildrudel von 50 Stück und mehr waren keine Seltenheit. Das viele Wild verursachte starke Schäden auf Wiesen und Feldern. Am schlimmsten und nachhaltigsten aber waren die Schälschäden, die vom Rotwild an glatten Fichten- und auch Kiefernstämmen durch das Abfressen von Rinde verursacht wurden. Dazu kam noch der Verbiss an jungen Bäumen, die dadurch stark im Wachstum gehemmt wurden. Auch als nach 1951 die bayerischen Jäger wieder jagen durften, hielt man den Rotwildbestand im Staatsforst aus jagdlichen Gründen weiterhin hoch. Eine grundlegende Änderung trat erst ein, als man zur Minderung der nicht mehr tragbaren Schäl- und Verbissschäden den Rotwildabschuss stark erhöhte, bis man auf den jetzigen Stand kam. Diese alten Schälschäden sind noch jetzt im Staatsforst an vielen Stellen zu sehen.

Der hohe Rotwildbestand hatte aber auch andere Seiten. So manchen älteren Wanderern ist noch in guter Erinnerung, wenn im Spätherbst die Hirsche in den Schneebergwäldern röhrten. Ein bekannter Rotwild-Brunftplatz war auf der Nordseite des Schneebergs. Die Staatsforst-Waldabteilung nördlich vom Schneeberggipfel heißt „Brunftplatz". Schon in der Beschreibung der herrschaftlichen Wälder im markgräflichen Amt Wunsiedel von 1571 wird in diesem Bereich ein Brunftplatz wie folgt genannt: „Dodanne uf die Hirschenbrunft uf der Höhe biß zu Hanßen Richters Försters zur Weißenstadt Hut, ist es mit estigen pultzigen Streyfichtling, Sparrbaum dick, doch gar dünn bewachsenn."

Das Auerwild (Tetrao urogallus, L.) hatte bis um 1800 im Schneeberggebiet nahezu ideale Lebensbedingungen. Auch als der Naturwald durch das Säen von Fichten dichter wurde, war immer noch durch die vielen Kahlschläge im Wald, die meistens dicht mit Heidel- und Preiselbeerkraut bewachsen waren, ein günstiger Lebensraum vorhanden. So blieb es bis nach dem Zweiten Weltkrieg. Am 28. April 1949 schoss der amerikanische Besatzungsoffizier John W. Vonier, der oft Gast bei dem Vordorfer Jagdpächter Curt Altmann war und im Revier Vordorf-Vierst jagte, am Schneeberg einen Auerhahn. Gut präpariert, hängt er jetzt noch zusammen mit etlichen Geweihen aus dem Fichtelgebirge im Haus der Familie Vonier in Alexandria in Virginia in den USA.[68] Ob später nach 1951/53 auch deutsche Jäger noch Auerhähne auf dem Schneeberg schossen, ist nicht bekannt. Jetzt ist das Auerwild schon sehr lange ganzjährig geschont. Seit ungefähr 1950 werden im Staatsforst keine Kahlschläge mehr gemacht. In dem Verhältnis wie die alten Schläge langsam zuwuch-

68 Dieter Schmidt, 1949 - Auerhahnjagd am Schneeberg, in: Weißenstadter Hefte, Band 55, 2005.

Röhrender Hirsch mit Kahlwild.

Die Besteigungsanlage auf dem Schneeberggipfel vor 1917. Der Auerhahn auf dem Felsen links im Bild bedeutet, dass das Auerwild charakteristisch für den Schneeberg war und in der ersten Hälfte des 20. Jahrhunderts noch ziemlich häufig vorkam. Bild: Wolfgang Schiller

sen, wurde auch das Auerwild weniger. In den fünfziger und sechziger Jahren konnte auch der Wanderer im Schneeberggebiet ab und zu einen Auerhahn oder sogar eine Auerhenne mit ihren Küken sehen. Diese Begegnungen wurden aber immer seltener und hörten schließlich fast ganz auf. Da eine grundlegende Änderung in der Forstwirtschaft nicht erwartet werden kann, zum Beispiel großflächige Ausdünnung der Wälder oder wieder Kahlschläge, ist zu befürchten, dass das Auerwild am Schneeberg trotz aller Schutzmaßnahmen in absehbarer Zeit aussterben wird, wozu neben den sonstigen natürlichen Feinden sicher auch der Habicht und seit einigen Jahren auch der Luchs beitragen.

Im „Siebenstern“ 1960 ist im Bericht über die Hauptversammlung des Fichtelgebirgsvereins in Rehau am 21./22. Mai 1960 folgendes zu lesen: „Die Schaffung von besonderen 'Oasen der Ruhe‘ erübrigt sich, da die Forststraßen an sich für den Kraftverkehr gesperrt sind. Dagegen erforderte der Schutz des Rotwildes besondere Maßnahmen. Es zeigte sich, dass gerade im Schneeberggebiet das Rotwild stark unter der Einengung zu leiden hatte, weshalb es sich als notwendig erwies, einige Wanderwege auf kurze Strecken umzulegen, wofür die Freunde unserer Tierwelt sicher das nötige Verständnis aufbringen.“ Gemeint ist damit sehr wahrscheinlich die auf Betreiben der Staatsforstverwaltung erfolgte Abmarkierung des Ruselweges und des obersten Teiles des Wanderwegs Vordorfermühle bzw. Röslau Bahnhof-Schneeberg, von dem noch etwas nördlich von der Röslaquelle an der Westseite der Forststraße Steinstufen zu sehen sind. In Wirklichkeit ging es bei diesen Maßnahmen wohl weniger um den Schutz des Rotwildes, sondern um die Rotwildjagd, die damals ungeachtet der enormen Schäl- und Verbissschäden in Forstkreisen einen hohen Stellenwert einnahm und deren Störung durch den Wanderbetrieb man befürchtete.

In „Kohler-Prells Wanderbuch durch das Fichtelgebirge ... 1914-16“ ist der Ruselweg auf S. 161 ff. wie folgt beschrieben: „Einer der schönsten und genußreichsten Wege am O-Abhang der Schneebergkette sei hier noch kurz beschrieben: Dieser Steig (weiß-rote Zeichen) zweigt etwa 0,5 km sw vom Rudolfstein zum Seehaus (6 km) kurz vor der Straße ab (die ö von Meyerhof heraufkommt). Ein schmaler, wenig betretener Pfad führt jenseits der Straße s in unberührter Natur durch herrliche Nadelbestände, in die sich das belebende Grün des Laubholzes mischt, dazu plätschern vom Steilhang muntere Bächlein herab, an einigen Stellen ragen Felsgruppen in überhängender Lage drohend herein (besonders am Absturz der Rusel), manch prächtiger Blick lockt dazu in die Ferne. Wer den herrlichen, ungestörten Waldesfrieden des Fichtelgebirges auf sich wirken lassen will, der wandere auf diesem einzigartigen Waldpfad, der schwerlich seinesgleichen haben dürfte. Nach etwa 4,5 km mündet der Steig am Waldsaum auf den von Leupoldsdorf heraufführenden Weg ein, auf diesem w über den Seehügel aufw. und dann etwas abwärts zum Seehaus 1,5 km."

In einer späteren Wanderkarte vom Fichtelgebirge, in der aber schon das 1951 ausgewiesene amerikanische Sperrgebiet auf dem Schneeberg eingezeichnet ist, geht der Ruselweg vom Weg zum Seehaus aus südöstlich um den Seehügel herum, kreuzt zwischen Seehaus und Platte den Höhenweg und verläuft in südwestlicher Richtung zum Fichtelsee. Auch der oberste Teil des Wanderwegs Vordorfermühle bzw. Röslau Bahnhof-Schneeberg ist dort noch eingezeichnet.

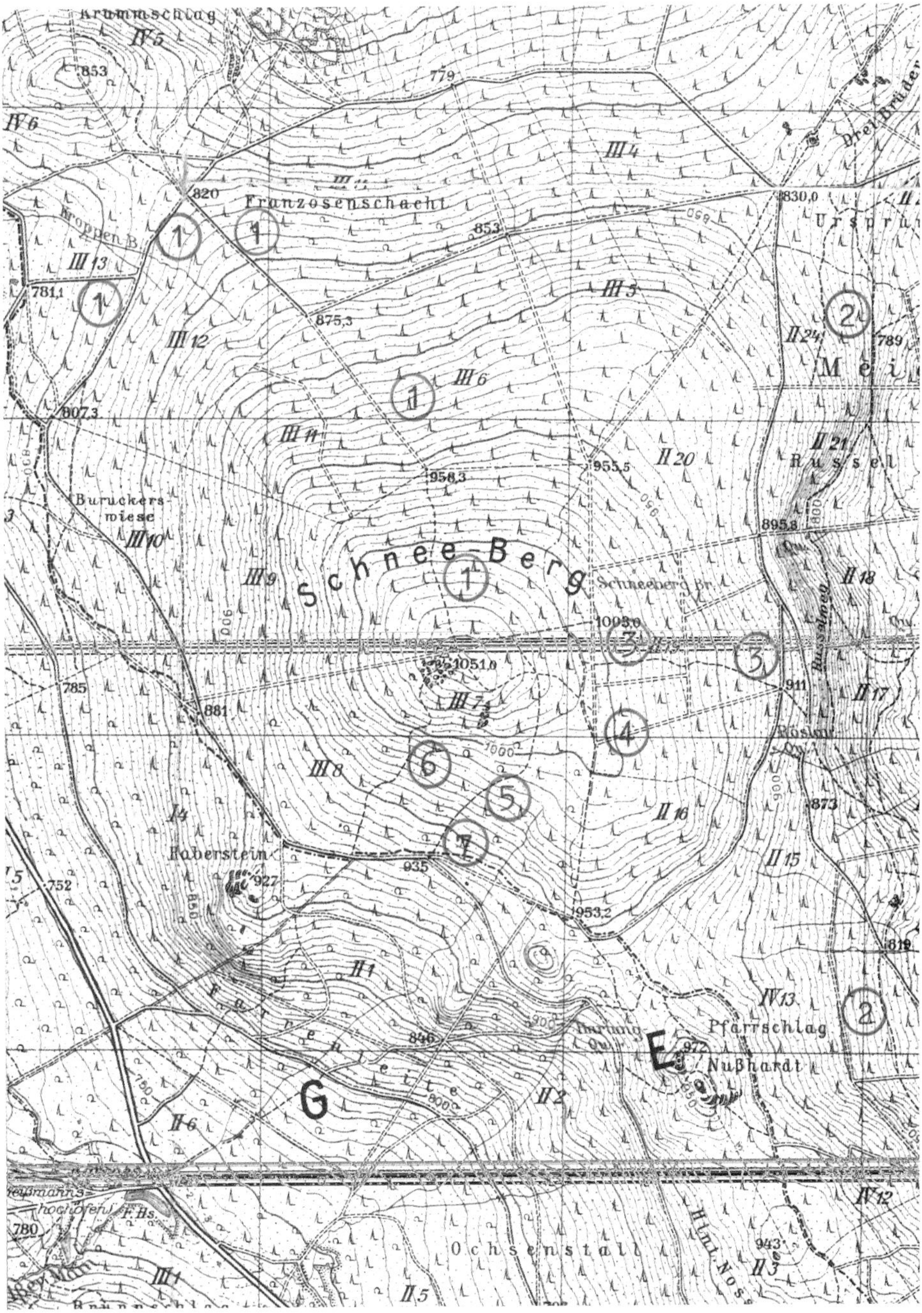

Ausschnitt aus: Topographische Karte von Bayern, Blatt 5937, Ausgabe 1937, Landesamt für Vermessung und Geoinformation, 0644/06

Erläuterung zum Ausschnitt aus der Topogr. Karte 1:25000 von Bayern, Blatt 5937, Ausgabe 1937 (Abbildung links):

Zu 1: Die Luftwaffenstraße, so genannt weil von 1938-1945 Soldaten der deutschen Luftwaffe auf dem Schneeberg stationiert waren, zweigte bei der Höhe 781,1 von der Straße Bischofsgrün-Torfmoorhölle ab, ging erst in östlicher, dann in nordöstlicher Richtung über den Kroppenbach zur Höhe 820 und von dort aus in südöstlicher Richtung über die Höhenpunkte 875,3 und 958,3 zum Schneeberggipfel hinauf. In der Karte ist dieser Weg von der Abzweigung bei der Höhe 781,1 bis zur Höhe 875,3 als Waldweg, dann bis zur Höhe 958,3 als Schneise und weiter bis zum Gipfel nur als Fußweg eingezeichnet. Es war aber auf der ganzen Strecke ein nicht asphaltierter Fahrweg, der oberhalb von der Höhe 875,3 bis zum Gipfel stark anstieg.
Zu 2: Der Ruselweg wurde um 1960 abmarkiert.
Zu 3: Dieses Stück Wanderweg in Richtung Schneeberg wurde ebenfalls um 1960 abmarkiert.
Zu 4: Hier verlief der Höhenweg von 1950 bis zur Wiederöffnung des Schneeberggipfels 1996.
Zu 5 u. 6: Diese beiden Fußwege lagen innerhalb des militärischen Sperrbereichs und sind nicht mehr begehbar.
Zu 7: Hier stand bis ungefähr 1945 die so genannte Bamberger Hütte.

Vom Goethefelsen zwischen Schneeberg und Nußhardt

(Nach Literaturangaben und Erinnerungen des Verfassers)

Johann Wolfgang von Goethe wanderte bei seinem ersten Aufenthalt im Fichtelgebirge (30.6.1785-3.7.1785) zusammen mit seinen Reisebegleitern Karl Ludwig von Knebel und Friedrich Gottlieb Dietrich am 1. Juli 1785 von Wunsiedel aus, wo sie Quartier bezogen hatten, über Leupoldsdorf und Seehaus zum Ochsenkopf. Auf dem Rückweg ging es wieder über Seehaus und von dort aus zum Nußhardt. In v. Knebels Reisebericht heißt es dazu: „Das vortreffliche Granitgebäude von breiten, größeren und kleineren, horizontalen Massen, mit dazwischen vorkommenden senkrechten Spaltungen zeigt sich daselbst, und mag vielleicht nur von den auf dem Rudolphstein übertroffen werden, zu dem wir uns aber nicht mehr hinwagten, weil heftige Gewitter die Hälfte des Himmels belagert hielten, und uns den weiteren Heimweg hätten versperren können." Goethe fertigte eine Felszeichnung mit dem handschriftlichen Lokalisierungsvermerk „Nußhardt" auf der Rückseite.[69] Man suchte diesen Felsen deshalb immer auf dem Nußhardt. Beim Anblick dieser Zeichnung im „Siebenstern" 1998, Seite 87,[70] war mir ziemlich klar, dass der abgebildete Fels nicht vom Nußhardt sein konnte, weil die dortigen Felsen andere Verwitterungsformen aufweisen. Sie sind rundlicher, nicht so kantig, das wusste ich von meinen vielen Wanderungen zum Nußhardt.

Mit meinem unvergessenen Wanderfreund Gottlieb Wendel, der von 1949-1976 Obmann der FGV-Ortsgruppe Vordorf und von 1949-1968 Leiter der Bergwacht-Bereitschaft Vordorf war, wanderte ich oft auf dem Höhenweg vom Schneeberg zum Seehaus, wo er gerne einkehrte. Unterwegs gingen wir manchmal zum Weißen Fels, der etwa einen Kilometer südöstlich vom Schneeberggipfel östlich vom Höhenweg liegt. Die Felsengruppe Weißer Fels, die in der gleichnamigen Waldabteilung liegt, wird im Verzeichnis der Hochfürstlichen Waldungen von 1773/74 Neußerfels genannt.[71] Richtig ist aber der in der Bevölkerung geläufige Name Weißer Fels. Als früher der Wald in diesen Hochlagen noch nicht

69 Heinrich Vollrath, Goethes Reisen in das Fichtelgebirge, in: 30. Bericht des Nordoberfränkischen Vereins für Natur-, Geschichts- und Landeskunde, Hof/Saale 1982.

70 Anton Böhm, Wer kennt den Fels?, in: Der Siebenstern 1998, S. 87.

71 Stadtarchiv Wunsiedel, B 1008.

so dicht war, konnte man von Vordorf aus den südöstlichen Teil der Felsgruppe gut erkennen. Bei bestimmten Wetterlagen, besonders in der Morgensonne, sah die Felspartie von der Ferne betrachtet fast weiß aus, was wohl zu dem Namen Weißer Fels führte. Inzwischen hoch gewachsener Fichtenwald verdeckt nun die Felspartie. An einem Felsen dieser Gruppe hatte Gottlieb Wendel Edelweiß gepflanzt, die er von einer Bergtour in den Alpen mitbrachte. Sie blühten ca. drei Jahre, gingen dann aber trotz gelegentlicher Düngung mit Kalk ein. Die Frage, ob es sinnvoll gewesen wäre, auf dem Schneeberg Edelweiß anzusiedeln, erledigte sich damit von selbst. An diese Felsgruppe dachte ich, als ich die von Goethe gefertigte Felszeichnung im „Siebenstern" sah. Wenn Goethe und seine Begleiter zum Rudolfstein wollten, warum sollten sie nicht vom Nußhardt aus noch ein Stück weitergegangen sein, überlegte ich mir. Ich beschloss, so bald wie möglich diesen Fels zu suchen.

Am 11. Mai 1998 Vormittag wanderte ich mit meiner Wanderfreundin Andriana Tilch, die mich schon bei vielen Suchaktionen begleitete, von Vordorfermühle zum Nußhardt. Dort liefen wir auf einem Weg an der Ostseite des Gipfels entlang, um dort die Felsen anzusehen, konnten aber wie vermutet nichts finden. Auf dem Höhenweg liefen wir dann zur Nass Bruck und an der Bergwachthütte vorbei in Richtung Schneeberg weiter. Nachdem wir den Weißen Fels rechts im Wald sahen, verließen wir den Höhenweg und gingen in dem dürftigen Fichtenwald, wo unter Waldgras und Heidelbeerkraut verstreut liegende große Steine das Gehen erschwerten, auf den nördlichsten Felsen der Gruppe zu. Schon aus einiger Entfernung konnte ich eine gewisse Ähnlichkeit mit dem Fels in der Zeichnung erkennen, die ich mir gut eingeprägt hatte. Als wir dann auf der anderen Seite davor standen, stellten wir beim genauen Vergleich mit der Zeichnung hocherfreut fest, dass es der Fels ist, den Goethe am 1. Juli 1785 gezeichnet hatte. Er befindet sich ca. 400 m nördlich der alten Weißenstädter Bergwachthütte und 100 m östlich vom Höhenweg in ziemlich genau 1000 m Höhe über NN. Er ist ca. 5 m lang und 3,30 m hoch. Immer wieder betrachteten wir den Fels von allen Seiten und stellten Überlegungen an, wo Goethe damals wohl stand oder saß, als er die Zeichnung fertigte. Erst nach ungefähr einer Stunde trennten wir uns von dem Ort dieses einmaligen Erlebnisses.

Am Fuß des Edelweißfelsens hielten wir Rast und aßen die mitgebrachten Wurstsemmeln. Ich konnte das Glück noch kaum fassen, den Goethefelsen schon bei der ersten Suche gefunden zu haben. Mir kamen meine vielen vergeblichen Suchen auf Grenzsteine der

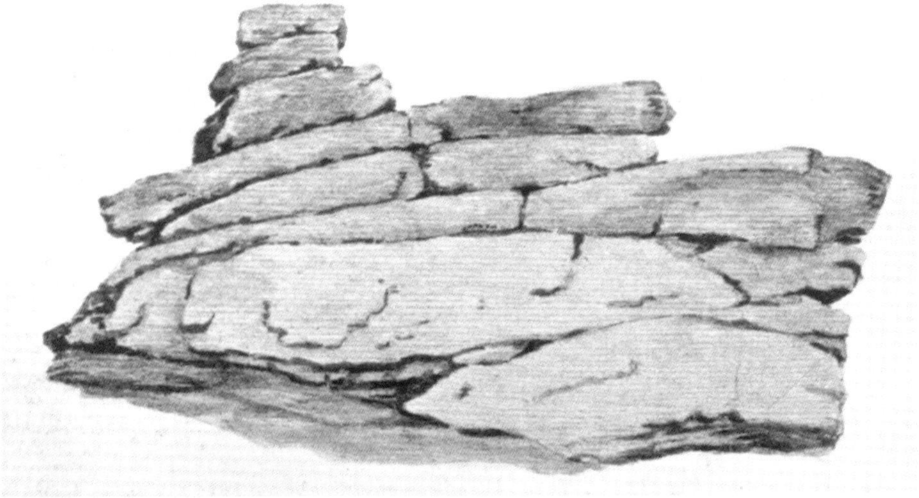

Goethe-Zeichnung vom 1. Juli 1785. Abbildung in: Anton Böhm, Wer kennt den Fels?, mit der Bildunterschrift „Goethes Zeichnung vom Nußhardt, 1785", in: Der Siebenstern 1998, S. 87 ff. - Außerdem abgebildet in: Heinrich Vollrath, Goethes Reisen in das Fichtelgebirge, in: 30. Bericht des Nordoberfränkischen Vereins für Natur-, Geschichts- und Landeskunde, Hof/Saale, S. 53 unter der Nr. 15 mit der Quellenangabe „Corpus Bd. Vb, Nr. 180. Repro-Vorlage: Leopoldina-Ausgabe, Die Schriften zur Naturwissenschaft, 2. Bd., Tafel XXX, 2, vor S. 369."

Der Goethefelsen zwischen Nußhardt und Schneeberg.

alten Landesgrenze von 1536 zwischen dem Fürstentum Brandenburg-Bayreuth und Pfalz-Bayern in den Sinn. Die Grenzsteine Nr. 13 und Nr. 29 zum Beispiel fand ich erst nach über zwanzigjähriger Suche im Jahr 1997 zusammen mit Andriana Tilch.

Zum Heimweg der Reisegesellschaft können wir im Geologischen Tagebuch Goethes folgendes lesen: „Der Weg von daher über Vordorf herein nach Wunsiedel hat nichts mineralisch Interessantes; er geht über das Feld (angeschwemmtes Erdreich) hin.“[72] Bewiesen ist also, dass sie durch Vordorf wanderten. Wahrscheinlich gingen sie nach dem Aufenthalt am Weißen Fels ein Stück zurück und liefen dann auf dem alten Weg Bischofsgrün-Vordorf, der damals sicher gut bekannt und viel begangen war, zu Tal. Im unteren Bereich ging der Weg durch die Dürrseif und zwischen Lunge und Kastenloh hindurch direkt auf Vordorf zu.

Bilder vom Schneebergzug

Der 1005-m-Stein an der Ostseite des Schneeberggipfels.

72 Wie Anmerkung 69.

▲ *Der Schneebergbrunnen an der Nordseite des Schneeberggipfels an der alten Luftwaffenstraße.*

◀ *Der 1000-m-Stein an der Nordwestseite des Schneeberggipfels.*

Die Röslaquelle, 920 m über NN, an der Ostseite des Schneebergs. Die Quellfassung aus Granitfindlingen wurde im Auftrag der Stadt Wunsiedel vom Granitwerk Adam Bruchner, Wunsiedel, erstellt. Neben der Quelle steht Andriana Tilch.

Die Einweihung der Röslaquelle am 12. Juli 1931. Bild aus: Der Siebenstern 1931, S. 127

Der Siebenstern-Brunnen an der Ostseite des Schneebergs in der Rusel.

Auf dem Nußhardtgipfel, 972 m über NN (Naturschutzgebiet).

◀ *Die viel besuchte Besteigungsanlage auf dem Nußhardtgipfel wird von der Ortsgruppe Vordorf des Fichtelgebirgsvereins betreut.*

▼ *Verwitterungsmulden auf dem Nußhardt-Aussichtsfelsen, die früher als Druidenschüsseln gedeutet wurden.*

Der Wanderweg (Höhenweg) zwischen Nußhardt und Schneeberg markiert eine Hauptwasserscheide. Das Wasser rechts (östlich) vom Weg fließt über die Rösla, Eger und Elbe in die Nordsee, und das Wasser links (westlich) vom Weg fließt über den Main und den Rhein in die Nordsee.

Von der Platte, 885 m über NN (Naturschutzgebiet), deren Gipfelbereich aus einem großen Granitblockmeer besteht, hat man einen schönen Ausblick auf das obere Röslatal und das Wunsiedler Becken.

Die Hartungsquelle nordwestlich vom Nußhardt, angelegt zur Erinnerung an den Bischofsgrüner Forstmeister Hartung, der sich große Verdienste um den Forstwegebau erworben hat.

Hoher Felsen auf dem Haberstein (am Schneeberg), 923,6 m über NN.

Das Granitblockmeer auf dem Haberstein (Naturschutzgebiet) mit dem Schneebergturm im Hintergrund.

Gedenkstein für Hans Keil, südlich an der unteren Schneebergstraße nach Abzweigung von der Straße Höhenklinik Bischofsgrün-Weißenstadt.

Vom Rudolfstein am Nordostende des Schneebergzugs

Auf dem Rudolfstein (866 m über NN) stand im Mittelalter die Burg der Ritter von Hirschberg, die einem weitverzweigten Adelsgeschlecht angehörten. Wann sie erbaut wurde, ist nicht bekannt, vielleicht schon im 11. Jahrhundert. Sie war das Machtzentrum und der Mittelpunkt der Burgherrschaft Rudolfstein-Weißenstadt, zu der die umliegenden Dörfer und Streubesitz gehörten. Diese Burgherrschaft war ursprünglich Reichslehen und ging nach kurzem Zwischenspiel mit den Grafen von Henneberg und dem Kloster Waldsassen seit 1347/48 von den Burggrafen von Nürnberg und späteren Markgrafen von Brandenburg-Kulmbach-Bayreuth zu Lehen. Wie lange die Burg bewohnt wurde, wissen wir nicht. Schon 1386 ist von Instandsetzungen am „pruchligem paw“ (=brüchigem Bau) der Veste Rudolfstein die Rede, wobei nicht feststeht, ob die Arbeiten tatsächlich ausgeführt wurden.[73] Im Landbuch der Sechsämter von 1499, der ältesten Aufzeichnung der landesherrlichen Besitzungen und Gerechtsame, heißt es unter „Weyssennstat, Stat

73 Georg Krauß, Weißenstädter Heimatbuch, 1971, S. 18; dort angegebene Quelle: Staatsarchiv Bamberg, C 17 V, Nr. 6203.

... Item dj Weyssennstat mitsambzt dem Rudolffstein, dem Slosß, das neulich zu verfallen ist, am Schneperg gelegen ..."[74] Die Burg Rudolfstein, im Volksmund auch „Altes Schloss" genannt, wurde also nicht gewaltsam zerstört oder verbrannt, wie in älterer Literatur zu lesen ist, sondern verfiel ganz einfach von selbst, als man sie nicht mehr brauchte und sich nicht mehr darum kümmerte. Später haben dann Einwohner aus der Umgebung Mauersteine aus der alten Burg weggefahren und für ihre Bauwerke verwendet.[75] Im Spanischen Erbfolgekrieg, als der Markgraf von Bayreuth mit dem Kaiser gegen Bayern stand, wurde auf dem Rudolfstein auf herrschaftlichen Befehl 1703 ein „Wachtfeuer", also eine mit Wächtern besetzte Lärmfeuerstation eingerichtet.

Der Aussichtsfelsen auf dem Rudolfstein, 866,2 m über NN.

74 Das Landbuch der Sechsämter von 1499, S. 249; Vollständiger Text und Kommentar, bearbeitet von Dr. Friedrich Wilhelm Singer, 1987.

75 Georg Krauß, Weißenstädter Heimatbuch, 1971, S. 20; dort angegebene Quelle: Staatsarchiv Bamberg, A 245 VI, Nr. 18.

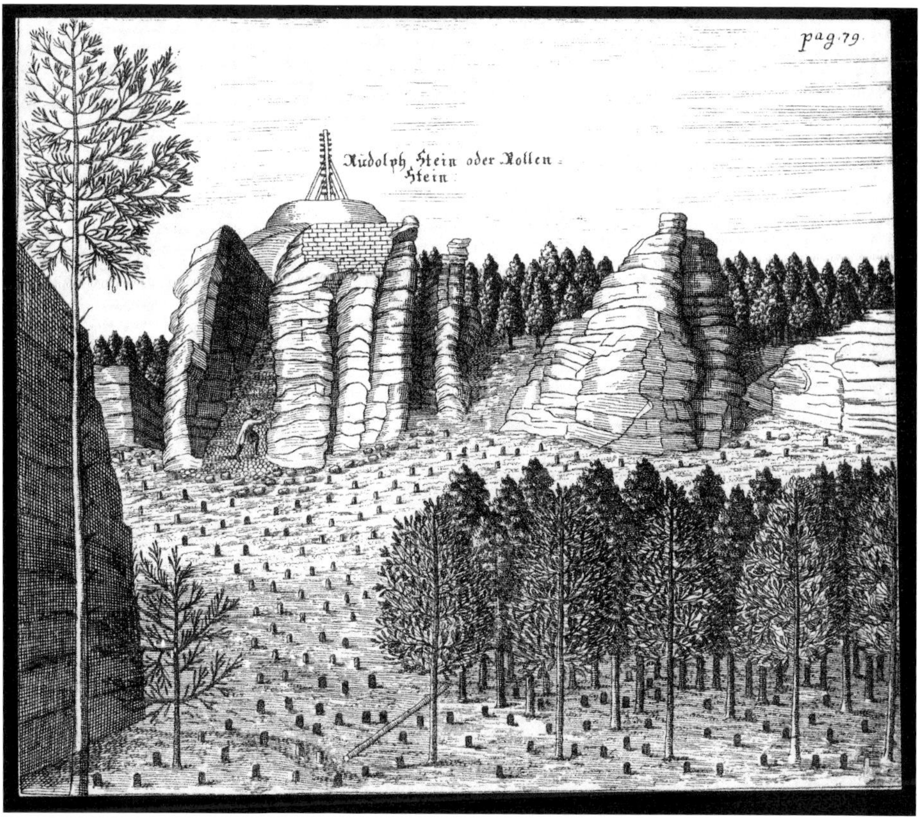

Zeitgenössische Zeichnung vom Rudolfstein, um 1716. Aus: Johann Christoph Pachelbel, Ausführliche Beschreibung des Fichtel-Berges ... 1716.

J.Th.B. Helfrecht (1795) schreibt über den Rudolfstein abschließend folgendes: „Von dem Schlosse selbst sieht man fast gar keine Spuren mehr, aber noch viele von den Mauern und Thürmen, welche die Felsen verbanden und das Schloß umgaben. Ich habe, weil dieses Schloß das einzige seiner Art, wenigstens in diesen Gegenden, war, den Platz ausgemessen und eine Zeichnung Tab. II beygefügt.“ Seine Erläuterung zur abgebildeten Zeichnung (Seite 136) hat folgenden Wortlaut: „Auf 2 Felsen von mittlerer Höhe Q, welche des Schlosses Eingang deckten, folgte in A eine Mauer, welche zween Felsen verband, und in dieser wahrscheinlich die Pforte zum Schlosse. Der Fels zur Linken in B ragt ohngefähr 60 bis 70 Fuß hoch empor. Auf diesem trifft man in a - b noch Mauerwerk an, vermuthlich von dem höchsten Thurme, von welchem

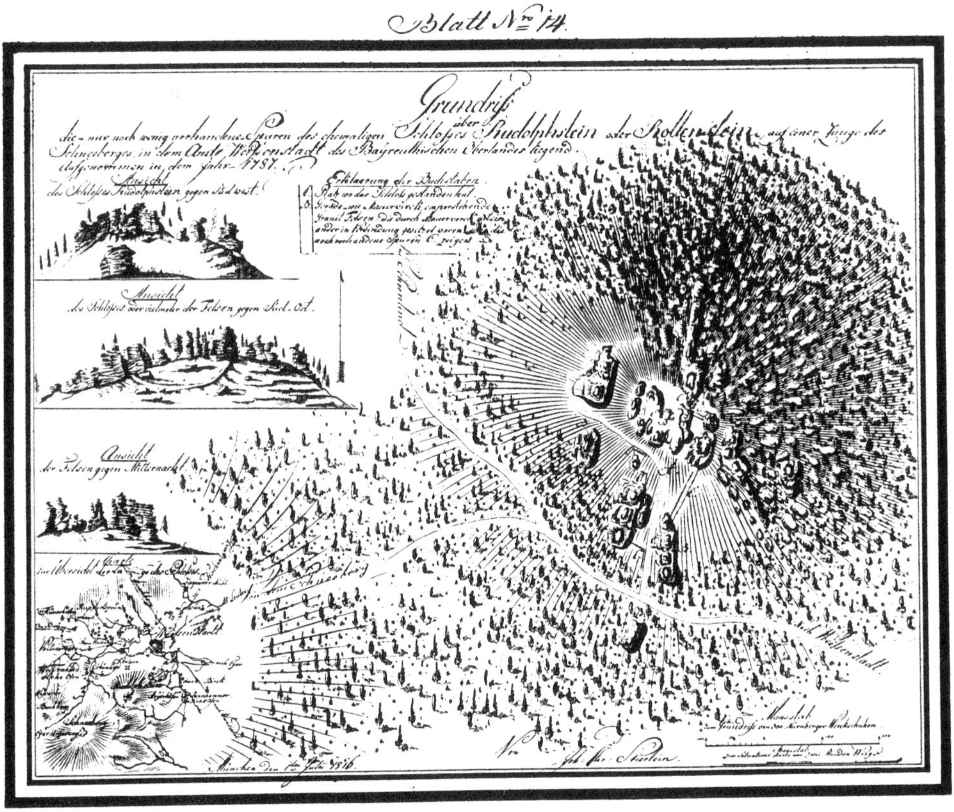

Das Blatt entstand bei den Vermessungen für die bekannte „Militairische Karte des Fürstentums Bayreuth oberhalb Gebirgs“ (um 1788), die von dem Ingenieur-Major Johann Friedrich Carl Hoffmann begonnen und nach dessen Tod von seinem Schwiegersohn, dem Ingenieur-Offizier Johann Christoph Stierlein, beendet wurden. Abdruck mit Genehmigung der Bayerischen Staatsbibliothek München, wo die Zeichnung unter der Signatur Mapp. XI, 340 xh-14 archiviert ist.

man die erwähnten Signale gab. Dieser hohe Fels ist in c mit einem niedrigern durch eine Mauer verbunden. Von der andern Seite schließt sich an den Eingang der Fels C von mittlerer Höhe an, und an diesen die Grundmauer eines ehemaligen Thurms D, wovon jede Seite 25 Fuß hat. Ein ähnlicher Thurm E von 25 Fuß Breite auf jeder Seite, schließt sich an die Felsen B und G an, ist in m durch die fortgesetzte Thurmmauer mit B verbunden und steht in k und i in dem folgenden Felsen. - Auf den hohen Felsen F folgt von n nach o eine 40 Fuß lange Mauer, die sich an den Felsen H von mittlerer Höhe, welcher sich weit hinab ziehet, anschließt. Eben so ist der sehr hohe Fels G, worauf ebenfalls noch etwas Gemäuer zu sehen ist, durch die Spuren der Mauer t - u mit dem Fels I, verbunden.

Die 100 Fuß lange Mauer s - q, wovon man nur noch an der Erhöhung des Bodens Spuren hat, schloß den innern Raum des Rudolphsteins L. Dieser Raum hat von r bis d 130 Fuß Durchmesser. In diesem Raume lag wahrscheinlich das Hauptgebäude, von welchem nichts mehr zu sehen ist, verdeckt von hohen Mauern und Felsen. - Außer diesem ziehen sich niedrige Felsen, die auf I folgen, herum, und schließen nebst dem vordersten breiten und hohen Felsen K den Schloßhof M ein. In N oder P, wo sich der Boden zu beyden Seiten des Felsen O hinabzieht, mag die Einfahrt in den Schloßhof gewesen seyn, welcher 96 Fuß im Durchmesser hatte. Auf den Felsen B und G, welche jetzt beynahe unersteiglich geworden, hatte man ehedem eine sehr weite Aussicht. Deßwegen wurde zu Anfange dieses Jahrhunderts 1703 im sogenannten Bayerischen, - oder eigentlich im Spanischen Successions Kriege vom Jahre 1701-1714, an welchem Georg Wilhelm wider Frankreich und dessen Alliirte thätigen Antheil nahm, - nachdem man das alte Gemäuer fast gänzlich über den Felsen hinabgestürzt hatte, auf dem höchsten Platz eine hölzerne Brustwehre und Lärmstange errichtet und eine Wache und Lärmfeuer angeordnet, dergleichen auf mehrern hohen Plätzen des Gebirgs gehalten wurde."[76] Soweit die Erläuterungen Helfrechts.

Auf dem heutigen Aussichtsfelsen (Felsen B in der Zeichnung) sind seitlich noch einige alte Mauersteine (b und a) erkennbar, die vermutlich zu einem turmartigen Bauwerk gehörten, das der sicherste Burgteil war und auch als Aussichtswarte diente. Anderes Mauerwerk ist nicht mehr zu finden. Von der 100 Fuß langen Mauer (s-q in der Zeichnung) ist noch ein niedriger Wall vorhanden.

76 J.Th.B. Helfrecht, Ruinen, Alterthümer und noch stehende Schlösser auf und an dem Fichtelgebirge, Hof 1795.

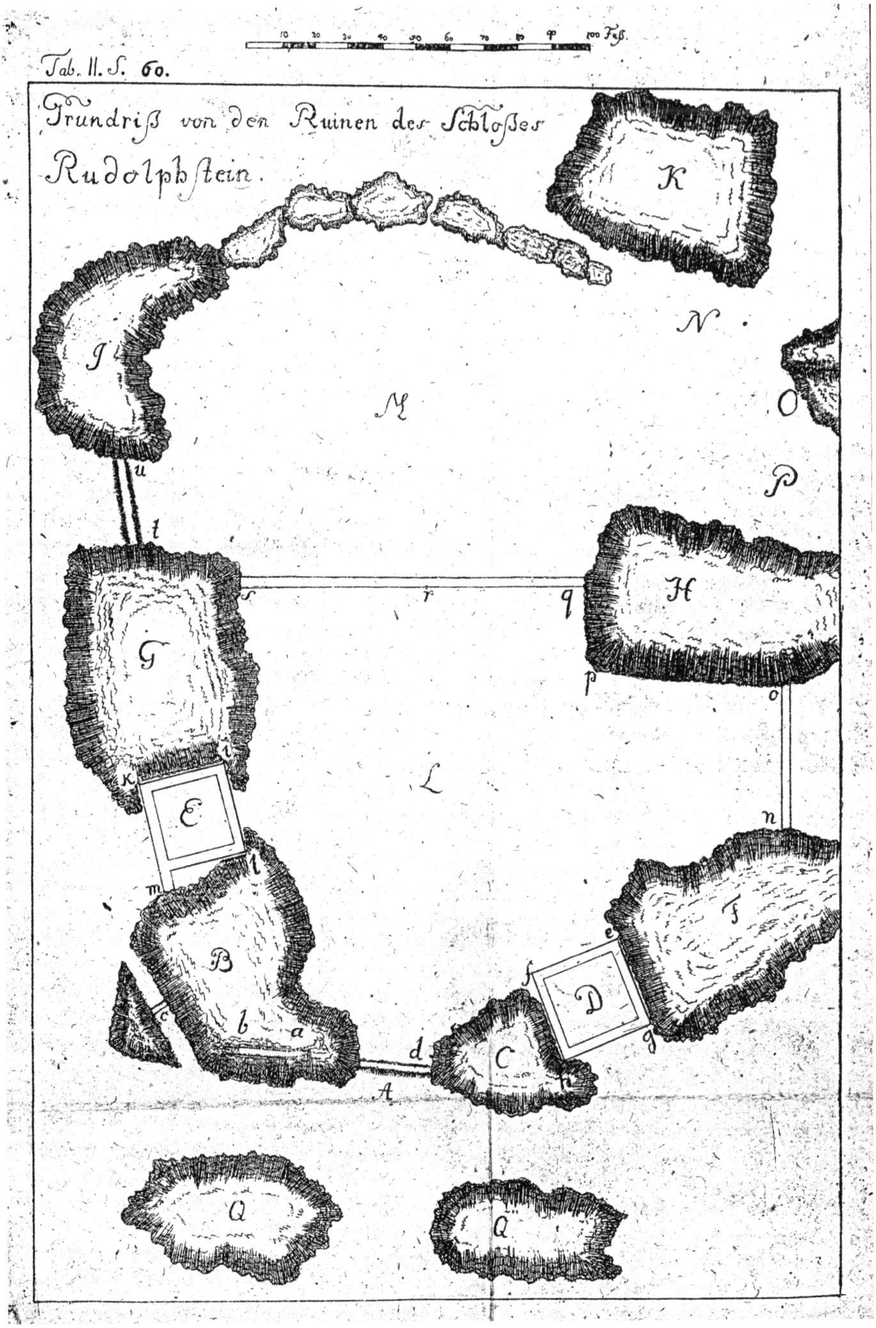

Aus: J.Th.B. Helfrecht, Ruinen, Alterthümer und noch stehende Schlösser auf und an dem Fichtelgebirge, Hof 1795

Vom Seehaus und vom Zinnbergbau

Das Seehaus war früher das Zechenhaus der Zinnseifenwerke „Glück auf" und „Friedrich-Carls-Glück", die von ungefähr 1757 bis 1826 betrieben wurden. Man nannte es zuerst „Zechenhaus auf der Farenleite", so wie das Waldgebiet dort hieß. Der heutige Seehügel hieß früher Hohe oder Große Farenleite und das Gebiet zwischen Seehügel und Platte nannte man Kleine Farenleitc. Das erste Zechenhaus wurde 1762 erbaut. Darin wohnte der Zinnseifner Christoph Heinrich Unger mit seiner Familie. Als sein Sohn Karl Heinrich Unger 1784 heiratete, ist im Trauregister des Evang.-Luth. Pfarramts Schönbrunn als Wohnort „See bei Vordorf" angegeben. Das alte Zechenhaus wurde 1803 wegen Baufälligkeit abgerissen.

Noch im gleichen Jahr 1803 wurde ein neues Zechenhaus gebaut, und zwar wieder aus Holz. Das Haus brannte im Februar 1805 ab, wobei die achtjährige Tochter des Karl Heinrich Unger ums Leben kam. Im Todten-Register 1779-1836 des Evang.-Luth. Pfarramts Schönbrunn ist dazu unter 1805 folgendes zu lesen: „Johanna Margaretha Henriette Ungerin - See - Casus tragicus - des Steigers Karl Heinrich Ungers, Tochter wurde den zwey und zwanz. Febr. früh um halb 8 Uhr von ihrer Mutter ganz entkleidet 1/4 Stunde von dem herrschaftl. Hauß bey der Zinn Wäsche in dem die Eltern wohnten, auf dem Schnee liegend tod gefunden, nachdem vorher dieses Hauß - vielleicht durch die Unvorsichtigkeit dieser Tochter, die von den Eltern, welche ihrer Arbeit nachgingen, allein gelassen wurde, in Brand gerathen war. beerd. den vier u. zwanz. mit einem Sermon - alt 8 Jahre 10 Monate." In dem von Johann Andreas Stumpf, Organist und Schullehrer in Bischofsgrün, verfassten „Seelen Register bei der Parochie Bischofsgrün, 1801/13" ist auf Seite 311 (unter Feuersbrünste außer der Parochie) zu lesen: „1805, d. 21. Febr. Nachmittag um 1 Uhr, kam auf den, im Jahr 1803 erst neu erbauten Zechen Haus, oberhalb des Weismains Hohen Ofen gelegen, Feuer aus, und brannte, was von Holzwerk war, ganz ab. Ein Mägdlein des Bergmanns war ganz allein im Hause, lief davon, und wurde andern Tags ganz nackend und blos todt im Wald gefunden. Dem Vermuthen nach sind ihre wenigen Kleidungsstücke am Leibe brennend geworden, u. riß, soviel sie konnte, solche vom Leibe ab, und erfror gar des Nachts."[77]

---

77 Johann Andreas Stumpf, Familien- und Seelen Register bei der Parochie Bischofsgrün, 1801/13, Evang.-Luth. Pfarramt Bischofsgrün.

Im Frühjahr 1805 baute sich Karl Heinrich Unger mit bergamtlicher Genehmigung in einiger Entfernung vom abgebrannten Zechenhaus ein anderes kleines Haus mit Stallung. Im Jahr 1809 heiratete der aus Neuenhammer bei Tröstau stammende Köhler Gottlieb Reißmann die Tochter Catharina Barbara des Karl Heinrich Unger, Bergmanns auf dem See. Gottlieb Reißmann wurde Zinnseifner und wohnte mit im Zechenhaus. Bei der Geburt seines Sohnes Johann Reißmann am 25. (oder 21.) August 1812 wurde im Geburtenbuch des Evang.-Luth. Pfarramts Schönbrunn als Wohnort Seehaus angegeben. Die Bezeichnung Seehaus anstatt Zechenhaus hatte sich also 1812 schon fest eingebürgert. Gottlieb Reißmann blieb auch nach der Einstellung des Zinnbergbaus um 1826 im Seehaus wohnen und baute es noch aus. In der Reisebeschreibung von 1837 des J.v. Pläenckner können wir lesen, dass Gottlieb Reißmann auf dem Seehaus Gäste bewirtete. Er war also der erste Seehauswirt. Nachkommen von ihm leben jetzt noch in der Vordorfermühle. Später wohnten im Seehaus Waldwärter, welche die Genehmigung zum Bierausschank hatten und auch einfache Speisen verabreichten.[78] Am 9. Juni 1928 wurde das alte Seehaus abgerissen.

Das alte Seehaus.

78 Rudolf Thiem, Zur Geschichte des Zinnbergbaus im Fichtelgebirge, 1997.

Einweihung des neuen Seehauses am 16. September 1928.

Das neue Seehaus, 922,9 m über NN.

Als nach dem Ersten Weltkrieg der Fichtelgebirgsverein seine Arbeit wieder aufnahm, dachte man schon bald daran, auch das Seehaus den Vereinszwecken nutzbar zu machen. Das Haus war aber vom Staatsforst an eine Berggesellschaft verpachtet, die seit ungefähr 1917 einen Versuchsbau auf Zinnerz in den alten Zinnseifen am Seehaus betrieb. Obwohl dabei auch moderne Maschinen zum Einsatz kamen, war die Ausbeute an Zinnerz anscheinend so gering, dass an einen rentablen Abbau nicht zu denken war. Der Betrieb wurde deshalb 1924 eingestellt und die Berggesellschaft löste den Pachtvertrag mit dem Staatsforst auf. Damit hatte der Fichtelgebirgsverein freie Hand. In der Hauptversammlung im Mai 1924 in Bayreuth wurde der Antrag auf Erwerbung des Seehauses zunächst zurückgestellt. In der Hauptversammlung in Selb im Mai 1927 bekam die FGV-Ortsgruppe Hof die Zustimmung zum Neubau des Seehauses. Es wurde auch beschlossen, die beim alten Seehaus befindliche Blockhütte vom Staatsforst käuflich zu erwerben und der Bergwacht als Dienstraum zu überlassen. Am 12. Juni 1928 wurde der Grundstein zum neuen Seehaus gelegt und an Johanni die Hebfeier begangen. Bauunternehmer war die Firma Reichenberger, Fichtelberg, und Planfertiger war Albert, Hof. Die FGV-Ortsgruppe Hof führte den Bau fast ganz in eigener Verantwortung aus und finanzierte ihn auch weitgehend selbst. Am 16. September 1928 fand die feierliche Einweihung statt, zu der sich etwa 1500 Menschen am Seehaus versammelt hatten.[79] Unter der Betreuung der Ortsgruppe Hof des Fichtelgebirgsvereins entwickelte sich das neue Seehaus schon bald zu einem beliebten Anziehungspunkt und Unterkunftshaus und ist es bis heute geblieben.

Im Winter war das Seehaus ein beliebtes Ziel vieler Skifahrer. In den dreißiger Jahren verkehrten an Sonn- und Feiertagen häufig Sonderzüge zum Bahnhof Leupoldsdorf, von wo aus die Skifahrer zum Seehaus aufstiegen. Das setzte sich auch nach dem Zweiten Weltkrieg fort. Die Abfahrt von Seehaus auf Vordorfermühle und Leupoldsdorf zu, Seehaus-Schussfahrt oder einfach nur Seehaus-Schuss genannt, war im oberen Teil steil und schwierig zu fahren, weshalb es zu Unfällen kam. Auch deshalb kam es zur Gründung der Bergwacht-Bereitschaft Vordorf im Jahr 1947. Mit dem Bau der Skilifte in Bischofsgrün und an anderen Orten ließ der Skibetrieb auf dem Seehaus zunehmend nach.

79 Gustav Schmidt, Die Geschichte des Fichtelgebirgsvereins, 1936.

Am Seehaus herrschte früher reger Skibetrieb. Bild aus: Der Siebenstern 1931, S. 62

Dieses steile Stück der Seehaus-Schussfahrt in Richtung Vordorfermühle und Leupoldsdorf stiegen viele tausend Skifahrer (darunter auch der Verfasser) mühsam hinauf und fuhren meistens mit etwas Angst hinunter, denn die Fahrbahn im Wanderweg war nur ein paar Meter breit und auf beiden Seiten von Bäumen und Büschen flankiert. Umschlagbild von einem Siebenstern-Heft, wahrscheinlich Jahrgang 1941

Mit den Zinnseifenwerken „Glück auf“ und „Friedrich-Carls-Glück“ unterhalb vom Seehaus ging der jahrhundertealte Zinnbergbau im Fichtelgebirge zu Ende. Die letzte Zinnschmelze fand im August 1826 in der herrschaftlichen Zinnschmelzhütte in Vordorfermühle statt. Wann der Zinnbergbau im Fichtelgebirge begann, ist nicht bekannt. Die älteste urkundliche Nennung eines Zinnbergwerks stammt aus dem Jahr 1398 und bezieht sich auf eine Zinnseife in den Waldabteilungen Zinngräben und Schurl südwestlich von Vordorfermühle. Allem Anschein nach begann der wirklich gewinnbringende Bergbau auf Zinnerz um 1300 und endete wohl schon um 1450. Sichere Angaben sind wegen Mangel an schriftlichen Nachrichten nicht zu machen. Ab ungefähr 1500 setzen dann zunehmend in immer größerer Zahl zuverlässige bergamtliche Aufzeichnungen ein. Sie vermitteln uns ein gutes Bild vom Niedergang des Zinnbergbaus. Es wurde schon bald meist nur noch mit Verlust gearbeitet, und zwar hauptsächlich wegen Erschöpfung der Lagerstätten.

Der Bergbau auf Zinnerz (Kassiterit) erfolgte im Fichtelgebirge zum weitaus größten Teil in oberflächennahen, so genannten Seifenlagerstätten, die ihre Entstehung der Verwitterung und dem Abtrag von ursprünglichen Lagerstätten verdanken. Beim Seifnen hat man das Zinnerz an Ort und Stelle mit Hilfe von Wasser aus dem Erdreich ausgewaschen. Das in Seifen gewonnene Zinnerz nannte man Seifenzinn, und das im Untertagbau bergmännisch gewonnene Zinnerz hieß Bergzinn. Das Seifenzinn war von sehr guter Qualität. Viel besser und vorteilhafter als das Bergzinn ließ es sich zur Verzinnung der Bleche und anderer eiserner Gegenstände gebrauchen. So ist es nicht verwunderlich, dass in Wunsiedel die Blechzinnerei und der Handel mit verzinntem Blech besonders im ausgehenden Mittelalter eine bedeutende Rolle spielte.

An der Ostseite des Schneebergzugs waren hauptsächlich folgende Zinnseifen in Betrieb: Vom Zinnschützweiher aufwärts über die Zinnhänge bis zur Geigerswiese an der Südostseite des Seehügels. Die Zinngräben von der Flötzbrücke westlich von Vordorfermühle aufwärts bis in die Schurl und die Lungen. Die Dürrseif westlich von der Lungenwiese. Die Premenseifen an der Rösla westlich von der Kastenloh aufwärts in Richtung Ahorngarten. Die Zinnseife am Birkenbach südwestlich von Meierhof. An der Westseite des Schneebergzugs wurden hauptsächlich folgende Zinnseifen betrieben: Die Zinnseife im Quellgebiet der Gregnitz. Seifen vom Seehaus-Parkplatz bzw. von der Fichtelseelohe aufwärts bis Seehaus und im Maintal abwärts nördlich der B 303 bis Karches. Seifengebiet von der Höhenklinik abwärts bis zum Weißen Main. Nördlich vom Rudolfstein wurden bei Weißenstadt Seifen betrieben und bei Schönlind-Weißenhaid wurde Zinnerz im Untertagbau gewonnen.

Die Silberhäuser zwischen Platte und Prinzenfelsen

Das erste Silberhaus stand oberhalb vom jetzigen Silberhaus auf die Platte zu etwas westlich vom Höhenweg. Zu sehen ist davon nur noch eine künstlich geschaffene ebene Fläche im abfallenden Waldgelände. Dazu ist in der Beschreibung der herrschaftlichen Waldungen im Amt Wunsiedel von 1571 folgendes zu lesen: „Von der Blatten an bis an den Weg des Silberstollens ... darunter ein Haus ... so das Silberhaus genannt wirdet, da vor Zeiten des Orts Bercklеut gewesenn undt darin gewohnt haben ...“[80] Etwas oberhalb von diesem ersten Silberhaus auf das Alte Silberhaus zu sind in der Nähe des Höhenwegs noch deutliche Spuren einstigen Bergbaus zu sehen. Es handelte sich dabei sicher um den genannten Silberstollen. Der dort anstehende Granit enthält viel Eisenglimmer, der wie Silber aussieht. Davon stammen sicher auch die Namen Silberrangen, Silberbrünnlein, Silberloh, Silberbruck und Silberhaus. Silber wurde jedoch nicht gefunden, weshalb man den Bergbau schon bald wieder einstellte, aber der Name blieb. Vorher nannte man dieses Gebiet bis hin zur Platte Scherfenberg. Die Prinzenfelsen hießen Schefferstein und später Girgelsteine, bis sie 1911 zur Erinnerung an den Besuch der beiden Wittelsbacher Prinzen Ludwig und Leopold den heutigen Namen bekamen.[81]

Das heute noch dem Namen nach bekannte Alte Silberhaus stand noch etwas höher wie das erste Silberhaus und der Silberstollen auf die Platte zu am Wunsiedler Steig, der von Wunsiedel aus nach Fichtelberg und Bischofsgrün ging. Es wurde vor 1833 im Staatsforst erbaut und war ein Waldwärterhaus. Den Standort am damals viel begangenen Wunsiedler Steig wählte man, um dem Waldaufseher zu seiner kargen Besoldung noch ein zusätzliches Einkommen aus dem Verkauf von Getränken und

80 Staatsarchiv Bamberg, C 18[1], Nr. 78 (Handschriftenband Grüne Collektaneen). Beschreibung der herrschaftlichen Wälder im markgräflichen Amt Wunsiedel, Anno 1571, bearbeitet und kommentiert von Rudolf Thiem, 2003.
81 Rudolf Thiem, Frühere Namen der Prinzenfelsen, in: Der Siebenstern 1982, S. 81 ff.

wohl auch einigen Lebensmitteln zu ermöglichen. Außerdem konnte der in der Nähe vorbeilaufende Schneebergweg gut überwacht werden. Am Wanderweg vom Silberhaus zur Platte steht ein Gedenkstein, in dem die Inschrift „Altes Silberhaus bis 1868" eingemeißelt ist. Sonst deutet nichts darauf hin, dass hier einst ein Haus stand, in dem Menschen lebten. Der Platz ist jetzt mit Buchenjungwuchs, Laubbäumen und Fichten bewachsen.

Gedenkstein beim Alten Silberhaus am Wunsiedler Steig.

Nach dem Bau der Maintalstraße in den Jahren 1862-1864, die von Karches aus wie die jetzige B 303 verlief und vom Silberhaus zutal in Richtung Tröstau bis zum Zinnbach unter dem Namen „Alte Silberhausstraße" noch besteht, ließ die Staatsforstverwaltung das neue Silberhaus wieder als Waldwärterhaus am jetzigen Standort erbauen. Wie schon im Alten Silberhaus, durfte der Förster zur Aufbesserung seiner kargen Besoldung Speisen und Getränke verkaufen. Nach Auflassung der Forstdienststelle Silberhaus kaufte ein Privatmann 1964 das Silberhaus samt Zugehörungen. Er ließ im April 1967 das Wohnhaus abbrechen und anschließend an gleicher Stelle den jetzigen Gasthof „Silberhaus" erbauen, der am 15.7.1967 eröffnet wurde.[82]

82 Rudolf Thiem, Die Silberhäuser zwischen Platte und Prinzenfelsen, in: Röslabote, Heimat- und Informationsblatt der Gemeinde Tröstau, Nr. 7, Januar 2000.

Das nach dem Bau der Maintalstraße am jetzigen Standort erbaute Silberhaus.

Das neue Silberhaus.

Von der Hütte des Hofer Schwimmvereins am Nordhang des Schneebergs

Kurz bevor amerikanische Kampftruppen im April 1945 ins Fichtelgebirge vordrangen, verließen die deutschen Luftwaffen-Soldaten den Schneeberg, wo sie stationiert waren. Da sich schon das Kriegsende abzeichnete und keine klare Befehlsgebung mehr herrschte, wussten sie nicht recht, wie sie sich verhalten sollten. Meldeten sie sich bei der deutschen Wehrmacht, wie es Vorschrift war, dann mussten sie damit rechnen, noch kurz vor Schluss für eine längst verlorene Sache sterben zu müssen. Meldeten sie sich nicht und gerieten in die Hände fanatischer deutscher Kämpfer, liefen sie Gefahr, als Deserteure erschossen oder aufgehängt zu werden. Ergaben sie sich den Amerikanern, kamen sie in Kriegsgefangenschaft mit ungewissem Ende. Viele zogen es deshalb vor, zunächst an einem sicheren Ort das Kriegsende abzuwarten. Dafür boten sich abseits im Wald gelegene Hütten an.

Die im Franzosenschacht an einem Waldweg liegende Forstdiensthütte wurde 1940 von der Firma Weiß, Zimmerei und Sägewerk, Weißenstadt, mit einem Kostenaufwand von 1925 Reichsmark für die Staatsforstverwaltung erbaut.[83] Ein Soldat vom Schneeberg erzählte später in Vordorf, dass er sich zusammen mit anderen Soldaten bis nach Kriegsende in der Hütte einquartiert hatte. Da die Amerikaner solche abseits im Wald gelegene Objekte mieden, konnten die Soldaten dort ziemlich sicher sein. Wahrscheinlich hatten sie auch einen Posten aufgestellt, der sie bei Gefahr warnte, so dass sie rechtzeitig im Wald verschwinden konnten. Als 1950 der Schneeberggipfel von den Amerikanern für militärische Zwecke beschlagnahmt wurde, lag die Hütte anfangs im Sperrgebiet und wurde sicher auch von amerikanischen Soldaten genutzt.

Im Jahr 1955 pachtete der Schwimmverein Hof 1911 e.V. von der Staatsforstverwaltung die Hütte, die sich in einem schlechten Zustand befand. Es waren nur noch die Außenwände und das Dach vorhanden, und in der Mitte des „Hohlkörpers" befanden sich auf der blanken Erde noch die Überreste einer offenen Feuerstelle. Die Schwimmvereinler ließen sich aber von dem wenig erfreulichen Anblick nicht entmutigen. Mühsam und mit viel Einsatz bauten sie die Hütte aus, wobei sie beson-

83 Auskunft von Herrn Hans Blechschmidt (vom ehemaligen Bayer. Forstamt Weißenstadt) und von Herrn Moritz Blechschmidt.

ders anfangs das Baumaterial, zum Beispiel für den Kachelofen, teilweise auf dem Fahrrad und im Rucksack zum Schneeberg transportierten.[84] Aber die jahrelange Arbeit hat sich gelohnt. Es entstand eine schöne Hütte, an deren Giebel zwei alte Ski darauf verweisen, dass sie von der Skiabteilung des Schwimmvereins Hof betreut wird.

Die Skihütte des Schwimmvereins Hof 1911 e.V. am Schneeberg.

Brunnenfest des Schwimmvereins Hof 1911 e.V. an der Skihütte im Juli 2005.
Foto: Schwimmverein Hof

84 Briefliche Mitteilung von Herrn Jürgen Czarnetzki (1. Vorsitzender des Schwimmvereins Hof 1911 e.V.) und Herrn Gerhard Schwarz (Hüttenwart).

Personenregister

In der Schriftenreihe des Fichtelgebirgsvereins e.V. sind bisher erschienen:

Heft 1/1987	**Karl Dietel** Der Große Waldstein im Fichtelgebirge
Heft 2/1989	**Christoph Schaller** Johann Heinrich Scherbers Umsichten auf dem Ochsenkopf aus dem Jahr 1811
Heft 3/1993	**Dietmar Herrmann** Die Kösseine im Fichtelgebirge
Heft 4/1994	**Harald Herrmann** Der Fichtelsee und seine Umgebung einst und heute
Heft 5/1995	**Rudolf Thiem** Fahrenbach – Topografie und Geschichte eines Ritterguts im Fichtelgebirge
Heft 6/1996	**Jörg Hüttner** Der Fichtelgebirgsgranit – Werkstoff einer Region
Heft 7/1997	**Harald Herrmann** Das obere Steinachtal und die Gegend um Warmensteinach
Heft 8/1998	**Rudolf Thiem** Zur Geschichte des Zinnbergbaus im Fichtelgebirge
Heft 9/2002	**Rudolf Thiem** Verschwundene Dörfer und Besiedlung im westlichen Fichtelgebirge
Heft 10/2003	**Hermann Summa** Die Häuselloh – Ein Kleinod vor den Toren der Stadt Selb
Heft 11/2003	**Jürgen Gahn** Allerley MundArt – Heiteres und Ernstes aus dem Fichtelgebirge
Heft 12/2004	**Jürgen Gahn** Allerley MundArt – Weihnachtliches aus dem Fichtelgebirge
Heft 13/2006	**Rudolf Thiem** Der Schneeberg - höchster Berg des Fichtelgebirges
Heft 14/2006	**Tilde Ostertag** Das Fichtelgebirgsglas (Reprint von 1933 überarbeitet vom FGV Bischofsgrün e.V., Dr. Schott/Hüttner/Judas)